IMPRESSUM

AUTORIN:
Stefanie Gregg

LEKTORAT:
Mathias Scherer

TITELFOTO & GESTALTUNG:
Jonas Zauels

SATZ:
Karina Lotz

DRUCK & BINDUNG:
Gugler GmbH, Melk, Österreich

VERLAG:
edition federleicht, Frankfurt am Main
www.edition-federleicht.de

1. Auflage 2023

ISBN 978-3-946112-88-4
E-BOOK ISBN 978-3-946112-99-0

Stefanie Gregg

KOFFER VOLLER BRIEFE

Roman

edition federleicht

Für Kim Alexander

oder

Für jenen, der mir diese Geschichte erzählte,
die seine und wahr ist

Mein geliebter Elias,

wenn Du die drei Worte schreibst, dann fliegen die Schmetterlinge in meinem Bauch, wie beim ersten Mal. Ist das nicht verrückt?

Erst einmal muss ich Dir etwas erzählen, das Dich zum Lachen bringen wird. Ich bin heute von einem Baum gefallen.

Als ich mit Momo durch den Wald spazieren ging, bellte er plötzlich einen Baum an, obwohl ich ihn mehrfach zurückrief. Verwundert sah ich nach und entdeckte ganz oben auf einer uralten, riesigen Eiche ein winziges Babykätzchen. Ich vermute, dass es sich vor Momo so erschreckt hatte, dass es in Panik diesen Baum bis ganz oben erkletterte. Als ich Momo zur Ruhe rief, begann das Kätzchen kläglich zu maunzen. Ich spazierte erst einmal weiter. Eine Stunde später kamen wir wieder zurück, und stell Dir vor, die kleine Katze saß noch immer laut miauend dort oben. Offenbar wagte sie sich nicht mehr nach unten. Es dämmerte schon, und mir war klar, dass nach mir heute Abend keiner mehr hier durch den Wald lief. Momo war diesmal ganz leise, legte den Kopf schief und sah mich an, als ob er mir sagen wollte, wir können das kleine Baby doch nicht dort oben lassen. Was also sollte ich tun?

Du kennst mich ja, ich konnte nicht gehen. Also ließ ich meine Tasche unten und begann den Baum hinaufzuklettern. Am ersten Ast, der recht hoch oben war, hing ich vermutlich minutenlang wie ein nasser Sack, bis es mir endlich gelang, meine Beine hinaufzuschwingen. Gut, dass mir keiner zusah! Ich probierte Ast für Ast, ob er mich tragen konnte. Sah dabei auf keinen Fall nach unten. Versuchte nur an das Kätzchen zu denken. Vier Meter war ich bestimmt schon oben, da hörte ich einen Ruf: „Minka!". Das Kätzchen begann wie verrückt die Krallen in den Baum zu haken und lief den Stamm hinunter, nahm meinen Kopf als letzte Stütze und sprang auf den Boden. Seine Krallen in meiner Stirn ließen mich aufzucken, ich verlor den Halt und fiel hinunter. Ab und an federte mich ein Ast ab und ich spürte mich plötzlich auf dem Waldboden liegen. Mühsam rappelte ich mich hoch, meine Schulter brannte wie Feuer. Vor mir stand eine Frau, das Kätzchen im Arm, die immer nur wiederholte: „Minka, Minka". Dann drehte sie sich um und ging.

Momo leckte mir über das blutige Gesicht, ich rappelte mich mühsam auf, sah ihr hinterher und sagte: „Gern geschehen".

Ich vermute fast, das war die Frau aus dem Geranienhaus, die nicht einmal grüßt, wenn man vorbeigeht. Das ist bei uns auf dem Land nicht üblich, wie Du weißt. Bisher habe ich es immer lächelnd hingenommen, ich bin doch selbst auch etwas menschenscheu und wäre in der Großstadt wohl der Typ, der gar keinem je ins Gesicht sieht. Aber auch und vielleicht gerade bei uns auf dem Land gibt es schon viele Eigenbrötler. Ich versuche immerhin, meine Schüchternheit zu überwinden und zu jedem freundlich zu sein. Grantler sagt man hier bei uns. Nun, jedenfalls werde ich bei dem Geranienhaus eher daran denken, welche miesepetrigen Menschen da hinter den Gardinen stecken.

Jetzt pflege ich erstmal meine Wunden, lese mir die drei wundervollen Worte aus Deinem letzten Brief an mich vor und versuche, damit die Schmerzen in Armen, Beinen und an der Stirn zu vergessen.

Ich liebe Dich auch.
Deine lädierte Isabella

„Sie heißen Elias Brand?"

„Ja, das sehen Sie ja, ich habe Ihnen doch gerade meinen Ausweis vorgelegt." Ein Lichtstrahl kämpfte sich durch die schon länger nicht mehr geputzten Fenster und traf ihn ins Auge. Er rückte ein wenig zur Seite.

„Geboren am 28. Januar 1972. Sie sind also 48 Jahre alt."

Elias verwies nur mit den Händen auf den Ausweis und sah ein wenig verzweifelt hoch zur leicht angegrauten Decke des Polizeipräsidiums.

„Wohnhaft in München."

„Ja."

„Wo lebten Sie 1990?"

Nun blickte er verwundert den Polizisten an. „90. Warten Sie, das war das Jahr, in dem ich Abitur machte. Da lebte ich noch in Bruckmühl, im tiefsten Oberbayern.“ Er setzte sich aufrecht hin. „Könnten Sie mir nicht bitte erst einmal sagen, warum ich hierher bestellt worden bin?“

„Das können Sie sich nicht vorstellen?“ Der Polizist sah ihn kritisch an.

„Nein.“ Elias wurde wütend. Was sollte das hier alles. Er hatte die erste Hälfte der Nacht mit einer sehr hübschen, jungen Blondine verbracht, bevor er nach Hause gefahren war, und hatte noch nicht viel Schlaf gehabt, als er morgens auf das Präsidium in der Ettstraße beordert worden war. Das alte Gemäuer mit den zwei riesigen steinernen Löwen am Eingang erschien ihm schon beim Eintreten furchteinflößend. Kurz war ihm da auch die Frage durch den Kopf gegangen, warum er nicht auf die Polizeiinspektion 13 bei sich in Schwabing einbestellt worden war.

„Sie haben also nicht vom Tod von Isabella Faber gehört?“

„Wer ist das?“

„Sie kennen sie nicht?“

Elias schüttelte den Kopf. „Was soll das? Sagen Sie mir doch bitte, warum ich hier bin.“

„Sie ist“, der Polizist zögerte, bis sein Kollege, der mit verschränkten Armen, kobramäßig ruhig und den tödlichen Biss abwartend neben ihm saß, einfiel: „... eines unnatürlichen Todes gestorben.“

Elias schluckte. Das war ein Verhör hier, wurde ihm langsam klar. Kein Verkehrsdelikt für die Polizeiinspektion Schwabing, irgendetwas anderes, etwas Größeres. Zwei Polizisten ihm gegenüber, getrennt durch einen kalt grauen Schreibtisch. Die automatisch gesperrte Tür war vorhin hinter ihm ins Schloss gefallen. Ein unnatürlicher Tod hatten sie gerade gesagt. Er war nicht gerufen worden als Zeuge eines Verkehrsunfalls, was seine einzige Vermutung gewesen war. Unnatürlicher Tod. War das ein Mord?

„Sie sagen nichts. Sie wussten also davon?" Der Good-Guy-Polizist versuchte seine Stimme freundlich klingen zu lassen, während der Bad-Guy-Kobra-Polizist versteinert blieb.

„Ich verstehe jetzt einfach gar nichts mehr. Wollen Sie mich wegen des Todes dieser Frau befragen?"

„Das haben wir keinesfalls so gesagt."

„Wenn Sie mir jetzt nicht sofort sagen, warum ich hier bin, werde ich gar nichts mehr sagen."

„Aha", sagte der eine Polizist, während er auf Elias' Ausweis blickte, als habe er bereits den Täter gefasst. Der andere rührte sich nicht, hielt die Arme verschränkt und sah ihn weiterhin bewegungslos an.

Umständlich kramte der sprechende Polizist etwas hervor, es war ein kopiertes Foto. Elias nahm das ihm hingereichte Papier entgegen. Ein junger Mann, ein kurzärmeliges weißes Hemd, vielleicht ein Knopf zu viel offen, eine ebenso weiße Hose, ein wenig zu weit geschnitten, 80er eben. Attraktiv, selbstbewusst, ein wenig forsch, fast schnöselhaft.

„Das bin ich“, sagte Elias. „Woher haben Sie dieses Foto?“

„Dieses Foto stand auf dem Nachtkästchen von Isabella Faber.“

„Ich kenne die nicht!“ Elias war aufgesprungen. Er schwitzte. Er war irritiert.

„Hier ist ein Foto von ihr.“ Wieder reichte der Polizist ihm ein kopiertes Bild. Elias setzte sich wieder und nahm das Blatt entgegen. Eine blonde Frau. Ein Sommerkleid fiel über ihre schmalen Hüften. Vermutlich zwischen vierzig und fünfzig Jahre alt. Die eine Hand war unsicher hinter dem Rücken versteckt, während die andere sich in einer seltsamen Bewegung nach vorne streckte, als ob sie den Fotografen abwehren wollte. Ein schmales Lächeln. Sehr schmal.

„Ich habe Ihnen das jetzt mehrfach gesagt, ich kenne diese Frau nicht. Was wollen Sie denn eigentlich von mir?“

Wieder vom Good-Guy ein mühsames Kramen in seinen Unterlagen.

In Elias’ Kopf ratterte es. Sein Freund Oliver war Jurist. „Nie etwas sagen!“, das war die oft von ihm wiederholte Devise für alles. Ob man von einem Polizisten beim Überholen in der Verbotszone erwischt wurde oder als Jugendlicher bei zu lauten Partys. „Nichts zugeben! Nie etwas sagen!“

Aber er konnte hier sagen, was er wollte, dies war irgendeine seltsame Verwechslung.

„So sah sie mit achtzehn aus.“

Zum dritten Mal nahm Elias ein ihm vorgehaltenes Papier. Diesmal sah er länger darauf. Zuerst nur eine Ahnung, irgendetwas kam ihm bekannt vor. Die dauerwellengelockten Haare, ein Blouson mit Schulterpolstern, ein schüchternes Lachen. Ein zweiter Blick. Der Mund. „Das ist Isi."

„Tja, Isabella Faber."

„Ich kann mich an ihren Nachnamen gar nicht mehr erinnern."

„In welchem Verhältnis stehen Sie zu ihr?"

Elias sah erst jetzt von dem alten Foto auf. „In gar keinem." Diesmal sagte er es langsam und zögernd. „Aber ich stand mal in einem Verhältnis zu ihr." Er dachte nach. „Wir gingen miteinander. So sagte man das damals. Ich glaube, ich war achtzehn. Ja, klar, es war im Abiturjahrgang. Sie war mit mir im Geschichte-Kurs. Aber, ich glaube, nur ein paar Monate ging das mit uns."

Plötzlich überschwemmte ihn eine Erinnerung. Eine scheußliche, er sah, was er auf einen Briefumschlag gekritzelt hatte, einen Brief von ihr an ihn.

„Herr Brand?"

„Ja?"

Der Polizeibeamte hatte wohl etwas zu ihm gesagt.

„Wann Sie sie das letzte Mal gesehen haben, habe ich gefragt."

Wieder besah Elias sich das Foto, den schönen, schmalen Mund, den er gerne geküsst hatte. Isi war also tot, eines unnatürlichen Todes gestorben. Der Brief, die Briefe, es schnürte ihm die Kehle zu.

„Herr Brand!“ Der Ton des Uniformierten war nun ungeduldig.

„Ja. Also, später nochmal.“

Wieder sah der Beamte ihn an, als ob für ihn alles klar sei.

„Beim Abiturtreffen, beim fünfundzwanzigsten, vor fünf Jahren.“

„Nein, ich glaube, beim zehnten auch. Ich ging nur selten zu den Klassentreffen, eher zu den großen mit den runden Zahlen. Man fährt ja doch fast eine Stunde nach Bruckmühl. Meine Eltern sind schon gestorben. Also, ich hänge nicht besonders an meiner Heimatstadt.“ Was redete er denn nun schon wieder? Vermutlich interessierte das die beiden kein bisschen. „Ich war wahrscheinlich nur vier- oder fünfmal bei Abiturtreffen. Beim letzten war sie da, da bin ich mir sicher. Vorher vielleicht auch. Ich weiß es nicht.“ Er stützte seinen Kopf auf beide Arme und betrachtete das alte Bild seiner damaligen Freundin. Dann zog er das neue hinzu. Eigentlich das gleiche Gesicht. Ein wenig faltiger, ein wenig älter eben. Hübsch, in einer unauffälligen Art. Vielleicht ein paar Kilo mehr, die dennoch nicht zu viel waren. Sie war jetzt tot.

„Danach hielten Sie Kontakt?“

„Wonach?“ Elias war weiterhin desorientiert.

Der Polizist sah ihn genervt an, als ob Elias ein Spiel mit ihm spielen wollte.

„Nein, ich habe Schluss gemacht. Sie hat damals noch ein paar Mal bei mir geklingelt, dann haben wir uns nicht mehr gesehen. Also bis auf das Abiturtreffen.“

„Und danach?“ Die Stimme machte klar, dass dies die ganze Zeit die Frage gewesen war.

„Nach dem Abiturtreffen? Nein. Wir haben dort kein Wort miteinander gewechselt.“

Nun bewegte sich zum ersten Mal der Kobra-Polizist neben dem Sprechenden. Er entfaltete seine Hände vom etwas zu dicken Bauch und schob ihm ein weiteres Papier zu. Dies jedoch mit einer aggressiven Handbewegung. Elias griff danach.

„Das ist ihr Todesbild.“

Elias ließ es wieder auf den Tisch gleiten, doch seine Augen blieben daran hängen. Isi. Aber tot. Selbst als Leiche hübsch, dezent geschminkt. Nur eben tot. Elias sagte nichts mehr, er fuhr sich mit der Hand über die Stirn.

„Wollen Sie uns irgendetwas dazu mitteilen?“ Der nun erst sprechende Polizist hatte sich jetzt vorgebeugt, als ob die Schlange gleich herabsaust und zubeißt.

„Was soll ich dazu denn sagen? Es tut mir leid. Aber es ist eben sehr lange her, als ich sie kannte. Würden Sie mir bitte jetzt erklären, um was es hier geht. Wie ist sie gestorben? Und was soll ich hier?“

Der Kobra-Polizist, der offenbar der Ranghöhere war, wie Elias nun klar wurde, machte dem anderen eine Kopfbewegung, ihm zu folgen und brummte nur. „Einen Moment.“

Die Tür fiel hinter den beiden zu, und Elias legte die drei Bilder nebeneinander vor sich. Isi, die hübsche Isi. Er hatte sie in der Theatergruppe kennengelernt.

Da war man freitagabends zusammen und konnte danach miteinander ausgehen. Sie hatte ihm gefallen. Gerade in ihrer Schüchternheit. Wieder dachte er daran, dass er sie gerne geküsst hatte. Ganz scheu hatte sie dann immer den Kopf zurückgelegt. An ihrem leichten Erschrecken erkannte er sofort, dass es der erste Zungenkuss ihres Lebens war. Noch an mehr erinnerte er sich. Dass alles für sie neu war. Dass sie sich immer zögernd, unsicher ihm hingegeben hatte. Dass er genau dies genossen hatte. Er fühlte sich als so erfahren, so verwegen bei ihr, die noch von nichts wusste.

Irgendwann war sie ihm wohl langweilig geworden, sicher wusste er nur noch, dass er mit ihr Schluss gemacht hatte. Er war damals nie sonderlich lange bei einem Mädchen hängengeblieben, war auch nicht nötig, lieber öfter mal etwas Neues ausprobieren. Du meine Güte, er war achtzehn.

Aber sie war danach mehrfach zu ihm nach Hause gekommen, wollte eine Aussprache, was ihn genervt hatte, denn er hatte ihr ja doch nichts zu sagen. „Kein Bock mehr“ war auch keine gute Begründung für das Ende einer Beziehung für ein achtzehnjähriges Mädchen.

Warum hatte er beim Abiturtreffen eigentlich kein Wort mit ihr gewechselt? – Kein Interesse? Oder Angst, dass noch immer Vorwürfe kommen könnten? Elias hatte keine Ahnung, im Moment von gar nichts. Er nahm wieder das Totenbild zur Hand. ‚Leiche’, das Wort sauste in seinem Kopf. Unnatürlicher Tod. Nun, dem hübschen Gesicht sah man das nicht an. ‚Eine schöne Leich', sagte man hier in Bayern, wenn die Beerdigung gut gelungen war, mit vielen Trauergästen und einem guten Leichenschmaus. ‚Eine schöne Leich'. Was für ein unmöglicher Gedanke.

Die Briefe, die er hatte zurückgehen lassen. Die schöne Isi. Welches Mädchen war eigentlich danach gekommen?

Die Tür ging auf. Die beiden setzten sich wieder ihm gegenüber.

„Herr Brand. Frau Faber wurde tot aufgefunden. Möglicherweise Suizid. Aber das kann erst sicher festgestellt werden, wenn andere Tatmöglichkeiten oder anderweitige Einwirkungen auf sie ausgeschlossen werden können. Das Bild von Ihnen stand auf Frau Fabers Nachttisch. Und wir haben Briefe gefunden."

Die Briefe, die er nicht mehr angenommen hatte.

„Briefe von Frau Faber an Sie. Jeder beginnt mit ‚Mein geliebter Elias'."

Mein geliebter Elias. Briefe. Jene Briefe.

„Ja. Ich habe die Briefe von ihr an sie zurückgehen lassen. Ich war achtzehn! Ich hatte Schluss gemacht, und das war es eben. Ich verstehe immer noch nicht, was ich hier soll."

„Es waren viele Briefe."

„Drei oder vier. Ich weiß es nicht mehr."

„Koffer voller Briefe."

Sie sahen ihn an.

„Seit dreißig Jahren hat Frau Faber Ihnen jeden Tag

einen Brief geschrieben. Aber nicht abgeschickt. Jeden Tag."

Er lief und lief und lief. Straßen zogen an ihm vorbei. Straßenlaternen. Er hatte das nie zuvor wahrge-nommen, aber es gab unterschiedliche. An den meisten Hauptstraßen diese großen länglichen mit ihrem harten, kalt ausleuchtenden Licht. Und dann diese an alte vergangene Zeiten erinnernden geschwungenen Leuchten, die nur scheinbar idyllische Stadt illuminierend. Die größte Kleinstadt der Welt nennen die Münchner liebevoll ihre Stadt. Nun in der Nacht schien sie ihm nicht heimelig, nicht warm, sondern unpersönlich und groß. Er wusste nicht mehr, in welchem Stadtviertel er war, er war von der Ettstraße einfach losgelaufen. Altstadt, Prinzregentenstraße, Eisbach, Englischer Garten. War er nun in Haidhausen oder Bogenhausen? Die alten Münchner Villen erhoben sich links und rechts neben ihm, sie schienen ihn zu erdrücken. Planlos lief er von einer Straße zur anderen, in beliebige Richtungen. Er blickte einfach nur von Straßenleuchte zu Straßenleuchte. Als ob sie ihn retten könnten. Länglich-hart, gebogen-sanft, länglich-hart, gebogen-sanft, immer abwechselnd. Eigentlich lächerlich, waren nicht die länglich-harten die ehrlicheren, die gebogen-sentimentalen die nur scheinbar Trost bringenden, drogenartig berauschend, doch nur die harte Ernüchterung nach sich ziehend?

Eine Frau hatte sich umgebracht wegen ihm.

Nicht eine Frau.

Isi.

Wegen ihm.

Unsinn, das konnte doch nicht wegen ihm gewesen sein, da war mehr.

Wegen ihm. Jeden Tag einen Brief geschrieben. Seit dreißig Jahren. Jeden Tag einen Brief an ihn. Den er nie gelesen hatte.

Sowas war krank. Die hatte sich nicht umgebracht wegen ihm. Die war krank. Gerade Lichter. Kalt. Brutal kalt. Geschwungene Lichter. Nur vermeintlich schön. So bürgerlich.

Ob er sie hätte heiraten sollen, eine Familie gründen, damals in Bruckmühl?

Irrsinn! Das hätte er nie durchgehalten!

War das ihr Wunsch gewesen? Er hatte keine Ahnung, einfach keine Ahnung. Er wusste nur, dass er nicht nach Hause konnte. Er lief weiter und weiter.

Mein geliebter Elias,

die Sonne schickte ihre Strahlen auf den Schnee, der zu glitzern begann wie ein Diamantenfeld. Wenn Momo hindurchstob, wirbelte er die Schneekristalle auf, die um ihn herumsprangen wie ein kleines weißes Feuerwerk und sich auf sein dickes Winterfell legten. Er liebt den Winter, Bernhardiner eben.

Ein wundervoller Tag heute! Momo und ich sind durch den Schnee getollt. Du kennst ihn ja, wie er quer durch die Felder im Schnee hüpft wie ein Hase, und seine Schlappohren klappen dabei auf und nieder. Er verbreitet eine solche Lebensfreude! In solchen Momenten bin ich so dankbar, dass Du mir zugeraten hast, den Hund aufzunehmen. Ich hatte ja doch ein wenig Angst, weil ich ganz unerfahren mit Hunden war. Doch Du hast mir in die Augen gesehen, meine Hände genommen und gesagt: „Isabella, Du bist so oft alleine, wenn ich reisen muss. Ein Hund wird dann immer bei Dir sein. Und er wird Dich beschützen, wenn ich nicht bei Dir sein kann. Er wird Dir guttun.“ Und wie er das tut, mein geliebter Elias. Er bringt mich an die frische Luft, ich treffe viele nette Menschen, mit denen ich, mal mehr, mal weniger, intensiv rede. Ich komme öfter aus meiner Abgeschlossenheit heraus. Vor allem aber, Momo steckt mich mit seiner Lebenslust, mit seiner Unbeschwertheit und mit seiner Offenheit an. Wie er auf jeden anderen Hund und auch auf jeden anderen Menschen zugeht. Und genauso offen kommen die Menschen dann auch auf mich zu. Das ist wunderschön. Vor allem aber schenkt er mir jeden Tag seine Liebe. Genau wie Du. Ja, er macht mich glücklich.

Ich wünschte, Du hättest heute dabei sein können! Momo raste durch den Schnee und rannte dann wieder zu mir und sprang an meinen Hosenbeinen hoch. Ich weiß, Du wirst nun den Kopf schütteln und Dir denken, das darf er doch nicht, sie sollte ihn ein wenig besser erziehen. Aber ich weiß ebenso, wie sehr Du Dich über unser beider Spaß gefreut hättest und Momo ja doch auch selbst nicht zurechtweisen hättest können!

Ich versuche mir vorzustellen, wie es bei Dir ist. Fast dreißig Grad hat es heute in Ägypten, habe ich gelesen. Du schwitzt sicher. Ich hoffe sehr, Du musst nicht zu viel arbeiten und hast noch ein wenig Zeit, Dich umzusehen. Ich weiß, dass Du vor den Pyramiden von Gizeh stehen und den Duft der alten Zeiten einatmen wirst. Weißt Du noch, wie wir vor Göbekli Tepe in der Türkei standen? Ein mystischer Ort, sagtest Du. Ein uralter Ort, vielleicht der älteste der Welt. Der älteste Kulturort der Welt. Jeder Stein des Bergheiligtums erzählte Dir von den Anfängen der Kultur. Durch Dich und Deine Begeisterung konnte ich die Mystik dieses Ortes spüren.

Das Alte, das Ursprüngliche, das Ehrliche, Sagenumwobene dieser uralten Orte, die Du mir gezeigt und erklärt hast, haben mir sehr viel gegeben, mir innere Sicherheit und Tiefe vermittelt. Jedes Lebensjahr mehr.

So viele Orte hast Du mich erst erfahren lassen, weil Du ihre Bedeutung erspürst. Wenn ich Dir trotz unserer räumlichen Entfernung nahe sein will, dann denke ich an solche Momente, denn dann bist Du so nahe bei mir, wie es nur gehen kann.

Du blicktest auf den Wunschbaum in Göbekli Tepe, an den die Menschen Zettel mit ihren Wünschen hängten. Sie flatterten im Wind und der knorrige Baum versprach Erfüllung. Dann küsstest Du mich. So wie nur Du küssen kannst. Wir versanken in unserer Unendlichkeit.

So wirst Du nun vor den Pyramiden von Gizeh stehen, die in den Himmel hinaufragen. Gedanklich erzählst Du mir ihre Geschichte, so wie Du es immer an diesen Orten tust. „Tausende von Jahren vor Christus", würdest Du mit Deiner wundervollen Erzählstimme anheben, „begruben hier die Ägypter ihre Pharaonen." Leben und Tod kamen hier zusammen. „Du darfst dir nicht vorstellen, dass diese Begräbnisse so traurig waren wie bei uns. Denn man begleitete die Herrscher ja nur in ihr unendliches Glück, für das sie natürlich auch gut vorsorgten." Hier würdest Du mich mit Deinem lächelnden Blick ansehen.

Dann setze ich mich einfach in den Sand und höre Dir zu. Und ich wüsste nicht, ob lieber Deinen Geschichten oder lieber Deiner Stimme.

Ich vermisse Dich, lass Dich in Gedanken küssen.

Isabella

Elias blickte auf die Stapel Papiere auf seinem Schreibtisch. Normalerweise überkam ihn ein Gefühl von Freude, wenn er sich über seine Arbeiten machte. Sprachen andere von den Mühen ihrer Arbeit, dem Unwillen, am Montag ins Büro zu gehen, konnte er nur innerlich den Kopf schütteln. Er liebte seine Arbeit und konnte sich gar nicht vorstellen, jeden Tag ungerne seine Aufgaben zu erledigen. Selbst am Wochenende wie heute nahm er sich gerne zumindest zwei Stunden Zeit, in denen die Kinder ihre Hausaufgaben erledigten, um an seinen Schreibtisch zu gehen.

Eine Erinnerung überkam ihn. „Mein Drei-Gesichter-Mann" hatte ihn Sabrina oft spielerisch genannt. Der wilde, ungestüme Mann, der sich früher in immer wieder neue Frauen verliebt hatte, war das erste Gesicht. Sabrina hatte das gewusst, als sie sich begegnet waren. Als ungeplant das erste Kind unterwegs war, hatte er seine wilden Liebesgefühle auf dieses Kind konzentriert, und auf Sabrina. Sie hatte nie etwas dazu gesagt, aber er wusste, dass sie darüber froh und erleichtert gewesen waren. Das war das zweite Gesicht: der Familienvater.

Er seufzte. Ob er es durchgehalten hätte? Ein Jahr nach Sabrinas Tod war er wieder in sein altes Schema verfallen. Frauen, vielleicht mal eine kurze Liebe, meist nur ein Begehren. Frauen, die ihn trösteten, mal ein paar Wochen lang, mal nur eine Nacht. Dennoch hatte er versucht, diese Eskapaden nicht auf Kosten seiner Kinder gehen zu lassen. Mal ein längerer Abend im Büro. Mal eine berufliche Reise, die er nicht alleine unternahm. Sobald die Frau sich zu sehr an ihn klammerte, floh er. Das erste Gesicht war wieder da, wenn auch vor den Kindern verborgen. Sabrina hatte es nie benannt, aber sie wussten beide, dass es seine Unstetigkeit und Wildheit war, die sie damit meinte, vielleicht auch seine Rücksichtslosigkeit, gestand er sich plötzlich ein.

Sein drittes Gesicht war das, was Sabrina „mein wahnsinniger Einstein“ genannt hatte. Wenn er die Zeit über seinen Dokumenten vergaß, fieberhaft las, exzerpierte, formulierte, Thesen aufschrieb und versuchte sie nachzuweisen, hatte er den früheren Lebens- und Frauenwahnsinn in seine Forschung verlegt. Seine Publikationen waren in Fachzeitschriften und vor allem Sachzeitungen für ein breiteres Publikum sehr beliebt. Er konnte seine Faszination für alte Zeiten, Brauchtümer und Lebensweisen offenbar in seine Schriften übertragen. Auch wenn ihm das bei den Professoren oft etwas verächtlich hochgezogene Augenbrauen einbrachte, kleine spitze Bemerkungen. Für die Universitäten war er zu wenig sachlich-vorsichtig theoretisierend. Emotionen und Faszination wollten die anderen nicht sehen. Ihm war das egal. Dem strikt universitären Leben hatte er sich entzogen und galt nun eher als Fachjournalist.

Wenn Sabrina ihn dann zum dritten Mal zum Essen rief und irgendwann verärgert seine Tür öffnete, musste sie oft doch über ihn lachen. „Mein wahnsinniger Einstein“, lächelte sie dann. Der verrückte Forscher, das war sein drittes Gesicht.

Er blickte wieder auf die Dokumente. Er hatte in der

Bibliothek der Aristoteles Universität in Thessaloniki alte Dokumente über Begegnungen zwischen Rom und Konstantinopel in der Spätantike entdeckt, tief verborgen in unendlichen Gängen mit historischen Schriften. Ihm war die Idee gekommen, diese mit dem Apostolischen Vikariat Griechenlands der heutigen Zeit zu vergleichen. Das frühe Christentum in seinen Parallelen zu heutigen Katholiken. Das war mit Sicherheit eine brisante Theorie, die nicht nur die Fachzeitschriften, sondern auch ein breiteres Publikum interessieren würde. Eine großartige These.

Normalerweise wäre nun diese Konzentration über ihn gekommen, und zugleich das Interesse, die Faszination, was er aus diesen Dokumenten herausfinden würde. Er öffnete einen Ordner. Die ersten Worte schienen ihm nichts zu sagen, er schloss ihn wieder.

Seine Hand griff nach dem nächsten Papier, doch sie stockte.

Es interessierte ihn nicht. Es schien ihm plötzlich belanglos. Isis Gesicht schob sich zwischen ihn und die Papiere. Statt fiebriger Faszination spürte er eine traurige Müdigkeit.

„Papa!"

Elias sah auf den Spielplatz, aber er konnte Leo nicht entdecken. Wie oft hatte sein Sohn ihn eigentlich schon gerufen?

„Papa“, mit einem vorwurfsvollen Ton sprach ihn nun auch Anne an, die mit ihren fünfzehn Jahren selbstverständlich viel zu alt war, um auf den Spielplatz zu gehen. Obwohl er genau wusste, dass sie manchmal im Dunkeln zum Spielplatz hinter ihrem Haus lief und sich auf die Schaukel setzte. Aber nicht mehr am Tag.

„Papa!“

„Ja?“

„Du bist wie damals. Seit Tagen.“

„Wann damals?“ Das war eine dämliche Frage. Er wusste es genauso gut wie Anne, die dementsprechend nur ihre Augenbraue hochzog. Genau wie Sabrina. Je älter sie wurde, desto öfter erinnerte sie ihn an ihre Mutter. Wenn er diese kleinen Gesten sah, die ihn an Sabrina denken ließen, die gleich hochgezogene linke Augenbraue, manchmal sogar den gleichen Tonfall, wenn sie Leo zurechtwies. Genau wie Sabrina. Jedes Mal gab dies Elias einen Stich ins Herz, eine seltsame Mischung aus schmerzlichem Erinnertwerden, wie sehr er Sabrina vermisste. Und das Glück, Sabrina in ihrer gemeinsamen Tochter weiterleben zu sehen.

Als Sabrina vor drei Jahren gestorben war, hatte Anne deren Rolle eingenommen. Die Verantwortung auf sich genommen, für Leo gesorgt. Von einem Tag auf den anderen war sie erwachsen geworden. Elias wusste nicht mal, ob sie damals beim Tod ihrer Mutter geweint hatte. Er hatte es täglich, er war zusammengebrochen wie ein kleines Kind, war wochenlang nicht mehr in die Arbeit gegangen. Bis Anne ihm das angedrohte Kündigungsschreiben des wichtigsten Fachjournals, für das er regelmäßig schrieb, vor die Füße geschmissen und ihn angeschrien hatte. „Willst du uns verhungern lassen? Steh endlich auf und arbeite!“

Was er dann einfach tat. Sie regelte alles zuhause, so wie es zuvor Sabrina getan hatte. Sie war zwölf damals, und doch erwachsen. Er ließ es geschehen, weil er auch gar nicht wusste, was er dagegen hätte tun können.

Und nun sagte sie ihm also, er sei wie damals. Es war ja kein Wunder. Eine Frau hatte er an diese verdammte Krankheit verloren. Und eine andere Frau hatte sich nun wegen ihm umgebracht. Brachte er Unglück? War er schuld? Sollte er sich nicht am besten auflösen?

„Papa.“ Diesmal sagte sie es ganz ruhig, als ob sie sich fragte, ob er überhaupt noch reagieren würde. „Leo steckt fest. Und wenn du ihn nicht bald herausholst, wird er erfrieren.“

Elias blickte auf und sah seinen Knirps, der für seine elf Jahre mit 1 Meter 40 nicht zu den ganz großen gehörte. Elias selbst war in seine 1 Meter 90 auch erst spät hineingewachsen. Leo steckte in einem Schneeberg fest. Anne hatte ihn aufgefordert, an diesem Wochenende mit ihnen in die Berge zu gehen. Sie waren mit der Hausbergbahn auf den Gipfel gefahren und hinuntergerodelt. Beide Kinder saßen auf Elias' Schlitten und schrien vor Freude, so sehr ihnen der Schnee auch ins Gesicht peitschte. Auch Elias hatte endlich wieder einmal gelacht. Zudem musste er sich so konzentrieren, dass sie bei ihrem hohen Tempo nicht auf eisigen Stellen aus der Spur rasten. Endlich mal konnte er nicht denken. Es hatte sich herrlich angefühlt.

Dann fuhren sie nach Garmisch-Partenkirchen, wo sie zu Abend essen wollten. Dort hatte ihn die Realität wieder eingeholt. Die Einfahrtstraße war gesäumt mit bayerischen Häusern mit ihren hölzernen Balkonen und schneebedeckten Dächern. Wie die Häuser in Bruckmühl. Er konnte sie damals schon nicht leiden. Holzbalkone und die im Sommer aufwändig behütete Blütenpracht daran, möglichst dicht blühende und tief herabhängende Pflanzen, der ganze Stolz der Besitzer, täglich gegossen, gezupft und gedüngt. Die Kirche der heiligen Dreifaltigkeit mit ihren zwei Zwiebeltürmen, die sogar die Wiese bewachte, auf der sie immer gekickt hatten. All diese verlogene, bürgerliche Spießigkeit, von der er nur noch fortwollte. Ebenso wie er von Isi wegwollte. Nichts konnte ihn halten. Nichts und niemand. Seine Richtung war nur nach vorne. Und fort von allem, was ihn hätte aufhalten können.

Leo wollte in Garmisch noch auf einen tiefverschneiten Spielplatz, um die mit Eis besetzten Schaukeln auszuprobieren. Sobald Elias ruhig stand, hatten ihn wieder die rasenden Gedanken in seinen Besitz genommen. Er konnte nicht sagen, wie lange er nun schon wieder hier war und nichts von seiner Umgebung wahrgenommen hatte. Nicht Anne, nicht Leo, der offenbar im ohnehin schon tiefen Schnee an der Hecke des Spielplatzes gewackelt hatte, so dass eine kleine Lawine auf ihn hinuntergedonnert war. Die Hecke über ihm war auf einer Länge von zwei Metern nun frei von Schnee. Sein kleiner Junge wedelte wild mit den Armen. Hüfthoch steckte er im Schnee und kam einfach nicht mehr heraus. Elias lief zu ihm, stellte sich dann jedoch erstmal hin, baute sich mit in die Hüften gestemmten Armen vor ihm auf und beobachtete den zappelnden Leo in seinem Schneeanzug, bevor er in schallendes Gelächter ausbrach. Leo grinste etwas gequält, aber Elias lachte so sehr, bis er einstimmte.

Anne stand mittlerweile neben ihm. Als er sich lachend zu ihr umdrehte, merkte er, dass sie ihn beobachtete und sich etwas wie eine große, aber noch kritische Erleichterung über ihr Gesicht zog. Seine viel zu schnell erwachsen gewordene Tochter. Er packte sie, nahm sie wie ein kleines Mädchen auf seine Arme, schwang sie dreimal hin und her und dann in einem großen Bogen in den Schnee zu Leo. Nun lachte Leo laut und giggelnd. Elias stapfte in den Schnee, der auch ihm bis über die Knie reichte, zog erst einmal seinen kleinen Sohn heraus und setzte ihn neben dem Schneehaufen ab. Bevor er sich zu Anne umdrehen konnte, spürte er einen kalten Knall genau in seinem Nacken. Der Schnee lief ihm zum Kragen hinein. Er drehte sich um und sah die blitzenden Augen seiner Tochter, die bereits den nächsten Schneeball geformt hatte und auf ihn zielte. Sie warf, und er bewegte sich einfach nicht. Die Schneeflocken zerstoben auf seiner Nase. Es war, als ob die eisige Kälte im Nacken und im Gesicht ihn ins Leben zurückholte. Nun kugelte sich auch die große Anne vor Lachen fast überdrehend im Schnee.

Zehn Minuten später bemerkte er eine ältere Dame mit dünnem, blondem Haar und einem Dackel vorbeilaufen, dessen Beine selbst für einen Dackel wie zu heiß gewaschen erschienen, und die missbilligend das laute Geschrei mit Kopfschütteln kommentierte, das Vater und Kinder bei der nicht enden wollenden Schneeballschlacht von sich gaben. Kurz ging ihm durch den Kopf, ob Isi wohl auch so gewesen war. Er konnte sich jedenfalls nicht vorstellen, dass sie selbst Kinder hatte. Oder doch? War sie eine verhärmte Frau gewesen wie diese, die gerade miesepetrig an ihnen vorbeilief. Oder ganz anders?

Aber er und seine Kinder hörten erst auf zu lachen, als sie alle außer Puste und ziemlich durchnässt waren.

Auf dem Heimweg sprang Leo, quirlig wie immer, voraus, und Anne hakte sich bei Elias unter. „Papa, ich hatte schon Angst, du gehst wieder weg von uns, wie damals. Als du uns nicht mehr geantwortet hast.“ Sie sah ihn an. „Bitte, nicht wieder.“ Es klang flehentlich.

Elias blieb stehen und hob ihr Kinn hoch. „Anne, ich verspreche es dir. Ich lass dich nicht mehr mit allem allein. Ich bleibe bei euch. Diesmal übernehme ich die Verantwortung.“ Er dachte an die Nacht mit der Blondine gestern, die er nicht mehr angerufen hatte, an die er nicht einmal mehr gedacht hatte. Und zweifelte daran, ob er tatsächlich Verantwortung würde übernehmen können.

Elias hatte eigentlich keine Lust auf diesen Kongress. Aber es waren nun mal die Experten zum Altertum im Nahen Osten da, und die Vorträge würden mit Sicherheit interessant werden. Trotzdem hatte er seinen Kaffee genommen und sich abseits an einen Stehtisch gestellt. Im Moment war ihm der Rummel einfach zu viel.

„Na, schon wieder so braungebrannt?“ Stefan stand vor ihm, als Elias noch gedankenversunken auf diese Worte hin aufblickte. Seine Frage klang für Elias nicht wirklich freundlich, sondern eher herausfordernd. Stefan und er waren damals beide Assistenten beim gleichen Professor gewesen. Stefan hatte die Habilitationsstelle bekommen, Elias war aus dem Lehrbetrieb ausgestiegen.

„Ja, ich komme gerade aus dem Iran.“

„Urlaub?“

„Nein, natürlich nicht. Eine Forschungsreise.“

„Wie lange warst du denn dort?“

„Eine Woche.“

„Eine Woche.“ Stefan lachte süffisant. „Das war wohl eine der ganz tiefen Forschungen des berühmten Elias Brand.“

Elias spürte Wut in sich aufsteigen. Der Universitätsdünkel von Stefan war pure Bosheit ihm gegenüber. Er könnte ihm jetzt erzählen, dass er zwei Kinder ohne seine Ehefrau aufziehen musste, und wochenlange Forschungsreisen waren da nicht drin. Aber das hätte glatt nach Entschuldigung geklungen.

„Für deine Artikel reicht es allemal. Die Leute mögen

sie ja“, fügte Stefan dann noch provozierend grinsend hinzu.

Er könnte diesem Widerling jetzt hinwerfen, dass er mit diesen ‚Artikeln‘ für ‚Leute‘ vermutlich mehr als das Doppelte von ihm verdiente. Ach was. „Stefan“, sagte er stattdessen leise, „es tut mir ja leid, dass deine Forschungsreisen langwieriger sind. Aber ich bin ganz sicher, dass auch bei dir mal interessante Ergebnisse herauskommen werden.“ Großmütig klopfte er Stefan auf die Schultern und drehte sich um. Er musste nicht hinsehen, um zu wissen, dass die Wut nun auf Stefans Gesicht stand.

Mit diesem kleinkarierten und eigentlich nur neidischen Typen kam er noch leicht zurecht. Dass aber gerade an diesem Morgen zum Auftakt des Kongresses ein Artikel in der Zeitung mit einer Bemerkung über ihn erschienen war, hatte ihn getroffen. „Zum Experten-Kongress zu Funden aus dem Altertum im Nahen Osten kommt auch der Fachjournalist Elias Brand, der mit seinen gewagten Thesen nicht nur die Fachwelt, sondern auch die breite Öffentlichkeit fasziniert. Wenn auch seine Theorien nicht immer den wissenschaftlichen Forschungen der universitären Kollegen standhalten können, so sind sie dennoch oft genug Anlass für weitere tiefere Forschung.“ Diese herablassenden Worte hatten Elias getroffen. Ja, er wusste das doch, er war eben ‚nur ein Fachjournalist‘, kein universitärer Forscher. Aber er liebte seine Arbeit. Und oft genug bekam er auch von den ganz großen Spezialisten viel Lob für seine

Theorien und Forschungen. Aber kleinkarierte Universitäts-Stefans oder dieser Schreiberling mussten immer mal wieder ihre Überheblichkeit herauslassen.

Er drehte sich um und begann zu pfeifen, den Triumphmarsch aus Aida. Er wusste, dass Stefan noch immer hinter ihm stand.

Früher hätte ihn der Ausgang dieses Gesprächs den ganzen Tag lang gefreut. Aber heute fühlte es sich nicht gut an. Wieder war er zu leicht, zu locker, nachlässig. In der Forschung, wie im Leben.

Einfach nichts fühlte sich mehr gut an.

„Da war eine Frau."

Ein kurzes Aufflammen in Olivers Augen.

„Nein, nicht wie du denkst. Ich war achtzehn." Elias überlegte kurz. „Sie auch."

Oliver lehnte sich zurück und grinste übers ganze Gesicht: „Und du hast sie wiedergetroffen."

„Nein. Sie ist tot. Sie hat sich das Leben genommen."

„Mensch, Elias, also du hast immer Super-Geschichten." Mit vor Ironie rollenden Augen griff Oliver nach dem Bier vor ihm auf dem Tresen und nahm einen langen Schluck. „Ob ich die jetzt hören will?"

„Vermutlich nicht." Elias zuckte mit den Schultern. „Aber sie ist eben geschehen."

Sie saßen im Harlachinger Jagdschlössl und hatten einen Schweinebraten sowie ein Schnitzel gegessen.

„Schieß los, Kumpel."

Elias berichtete von der kurzen, jungen Liebe, von der Nachricht ihres Todes, von dreißig Jahren Briefen. Jeden Tag.

„Oh, Scheiße."

„Du sagst es, Oliver."

„Aber das ist schon krank, oder? Man kann doch nicht dreißig Jahre lang einen Mann aus der Ferne lieben?"

Elias zuckte mit den Schultern.

„Und nicht jeden Tag einen Brief schreiben!" Das schien Oliver fast noch unvorstellbarer als Ersteres. „Naja, Elias, wenn Frauen dich so lieben ... könntest du nicht mal wieder jemanden ernsthaft lieben? Du nimmst dir alle paar Wochen mal eine für eine Nacht –" Elias stoppte die Handbewegung, die Oliver offensichtlich gerade ansetzte, um sie zur Verdeutlichung von Elias' Trieberfüllung zu machen. „– Fast wie früher. Und schmeißt sie dann wieder fort. Vermutlich kennst du nicht mal ihr Gesicht am Morgen. Genau wie früher."

Elias könnte nun gut einwenden, dass Oliver ihn bei weitem übertraf, aber er ging gar nicht darauf ein. Oliver hatte eben keine Kinder, war nie verheiratet. Er konnte ohne schlechtes Gewissen tun, was er wollte, leben, wie er wollte. Er hatte nie jemandem die Treue versprochen, und wollte das auch nicht.

„Oliver, ich bin daran schuld. An ihrem Tod. Vielleicht an ihrem traurigen Leben."

„An so einem Wahnsinn kann man gar nicht schuld sein."

„Doch. Ich habe mit ihr Schluss gemacht.“

„Junge, da bist du ja wohl nicht der Einzige, der mal in seinem Leben mit einer Frau Schluss gemacht hat.“ Oliver verwies auf Elias’ Bierglas. „Nimm einen Schluck. Und krieg dich wieder ein.“

Die Kellnerin kam vorbei und sie bestellten noch ein Bier.

„Ich weiß es nicht mehr, aber ich glaube, ich habe Scheiße Schluss gemacht.“

„Wie kann man denn Nicht-Scheiße Schluss machen?“

„Wie ich es ihr genau gesagt habe, weiß ich gar nicht mehr. Ich hatte damals mehrere Freundinnen.“

„Du warst auch achtzehn. Und genauso solltest du es jetzt wieder halten.“ Oliver schlug ihm auf die Schultern. Sie kannten sich seit Jahren, hatten mal zusammengearbeitet, als Elias für eine große Firma einen historischen Rückblick erarbeiten sollte. Oliver war in dieser Firma Jurist und Prokurist gewesen. Sie hatten sich auf Anhieb verstanden.

Später hatte er sich mit der eigenen Kanzlei selbstständig gemacht, sehr erfolgreich. Unter seiner Arbeit, die er ernst und fast verbissen ausübte, litt das Privatleben, mehr als Kurzzeitbeziehungen waren nicht drin. Elias schien es allerdings so, als ob Oliver genau dieses Leben gesucht und gefunden hatte.

Manchmal war Oliver immer noch wie ein kleines Kind, in Bezug auf Frauen wie ein unbedachter junger Mann, aber er hatte sein Herz am rechten Fleck. Nach Sabrinas Tod hatte Oliver sich regelmäßig mit Elias betrunken und ihn danach brav nach Hause gebracht und ins Bett gelegt. Zumindest die rasenden Kopfschmerzen am nächsten Morgen hatten Elias dazu gebracht, sich am Leben zu fühlen und aufzustehen, um sich eine Kopfschmerz-Tablette zu holen.

„Also, ich weiß nicht mehr, wie ich es ihr gesagt habe. Aber ich weiß, dass sie dann mehrmals bei mir zuhause geklingelt hat und ich nicht mehr aufgemacht habe."

„Junge, das ist normal! Man kann ja gegen das Jammern eh nichts tun!"

„Dann hat sie Briefe geschrieben. Ich glaube, den ersten habe ich noch aufgemacht. Aber die nächsten einfach zurückgeschickt."

Die Kellnerin brachte zwei frisch gezapfte Biere.

„Voll normal." Oliver prostete ihm zu, doch Elias nahm sein Glas nicht. Plötzlich hing die Stille in all dem Trubel schwer zwischen ihnen.

„Ich glaube, ich habe auf den letzten Brief, den ich zurückgehen ließ, geschrieben: LASS MICH IN RUHE."

„Oh." Selbst Oliver fiel darauf nichts mehr ein. „Schon Scheiße."

Mein geliebter Elias,

es ist das große Glück meines Lebens, dass ich Dich habe. Ich weiß, wir konnten keine Kinder haben. Aber es ist, wie es ist. Wir haben uns. Ja, Dein Beruf schickt Dich auf Reisen in die Welt. Natürlich ist es schlimm für mich, aber es ist eben so, Du bist glücklich mit Deiner Arbeit, gehst so in Deinen historischen Forschungen auf. Ich bin froh, dass Du bereit warst, hier mit mir in Bruckmühl zu leben. Obwohl ich natürlich weiß, dass es Dich nach München gezogen hat. Aber die Zeit, die wir zwischen Deinen Reisen haben, leben wir hier doch in wundervoller Ruhe. Ich weiß, dass Du den Blick in die Berge von unserer Wohnung aus liebst. Auch wenn Du nur wenige Tage bei mir bist, weil Du so viel reisen musst.

Und alle diese wundervollen Geschenke, die Du mir von Deinen Forschungsreisen mitbringst. Ich sehe auf dieses kleine Glas, in das verschiedenfarbiger Sand gefüllt ist, der ein Bild von Wüste, einen Sonnenuntergang und ein Kamel zeigt. Welch ein Kunstwerk! Ich sehe Dich auf dem Kamel in den Sonnenuntergang reitend, in die Kühle nach dem glühend heißen Tag. Vielleicht war es nur ein Straßenjunge, der den Sand einfüllte, für mich ist es ein bezauberndes Kunstwerk. Wer könnte so einen Moment einfangen?

Ich liebe Dich.
Deine Isabella

„Bitte", sagte sie und machte eine einladende Handbewegung, als ob sie ihn in das Empfangszimmer ihres Schlosses gebeten hätte. Allerdings war es nur der Speicher.

„Hier." Sie deutete auf den Koffer, braunes Leder, alt. „Das auch", erklärte sie mit einer Handbewegung auf weitere Umzugskartons, die hinter dem Koffer standen. „Die haben wir eingepackt, aus den Schränken. Also, wir haben sie eben so reingeschmissen."

Er nickte. Was auch sonst.

„Wollen Sie einen Kaffee?"

Er schüttelte den Kopf.

„Soll ich Sie alleine lassen mit den Briefen?"

Hilflos zuckte er mit den Schultern. Er wusste immer noch nicht, ob er wirklich hier hätte sein sollen.

„Also, nehmen Sie sich alle Zeit der Welt. Und wenn Sie zu mir herunterkommen, bekommen Sie einen Kaffee."

„Danke."

„Ja."

„Ja?"

„Sie wissen, die sind alle an Sie geschrieben. Wenn Sie die Briefe wollen, bekommen Sie alle. Ich meine, irgendwann schmeiße ich sie doch alle fort. Sie war ja nur eine Nichte von mir."

Er nickte und fühlte sich völlig fehl am Platz.

Sie hatte die Tür einfach hinter sich zugezogen.

Und hier stand er nun, in einem fremden Dachgeschoss, ein fremder Koffer, zwei Kisten. Alles voller Briefe. Briefe an ihn.

Hatte dies hier wirklich etwas mit ihm zu tun?

Der Koffer war braun. Nicht so ein Überseekoffer,

schwarz und Hartschale, wie im Film. Sondern braun. Leder. Sechziger Jahre vielleicht.

Er hatte keine Ahnung, wie lange er davorgestanden hatte, bis seine Hand danach griff. Nicht er. So fühlte es sich an. Nur seine Hand. Zwei Schnapp-Schlösser, zwei Schnallen, Koffer öffnen.

Erstarren.

Tatsächlich.

Briefe. Alles voller Briefe. Nur Briefe. Gebündelt mit einem gelben Band.

Seine Hand zitterte. Wohin greifen? Links oben und bis nach rechts unten durchlesen? Wie viele Briefe passten in so einen Koffer? Also, ein Koffer, zehn Reihen Briefe à 20 Längen, vielleicht pro Stapel 30 Briefe? Macht 50 mal 30 mal 70, etwa 6.000 Briefe im Koffer, also 16 Jahre.

Der Rest lag in den Kartons. Er wollte nicht mehr weiterrechnen. Ob sie wirklich jeden Tag einen Brief geschrieben hatte? Ob er Tage finden würde, an denen sie nicht geschrieben hatte?

Es wären mehr als 10.000 Brief. 10.000 Briefe.

Er atmete aus. Eigentlich war das unwichtig. Er versuchte nur, sich an Details festzuhalten, buchhalterartig: Ah, drei Tage nicht geschrieben, doch nicht die große Liebe. – Dabei waren diese Fakten doch unwichtig.

Galle stieg in seinem Hals auf.

Er spürte das dringende Bedürfnis einfach zu gehen.

Neugier jedoch fühlte er auch. Das absolut falscheste aller falschen Gefühle.

Briefe. So viele Briefe.

Ein paar las er, mehr ging nicht. Alltagsbeschreibungen, ein fingiertes Leben mit ihm, ein sehr schönes Leben, eine perfekte Partnerschaft. Er zog beliebig aus den Jahren ein paar Briefe heraus und steckte sich diese ein. Weder wollte er jetzt mehr lesen noch alle diese Briefe haben.

Dann nahm er wahllos aus allen Ecken eine weitere Handvoll Briefe. Vielleicht würde er sie zuhause lesen. Vielleicht nicht. Er schob sich das Bündel in die Sakko-Tasche.

Als er eigentlich schon gehen wollte, fiel ihm etwas auf. Er nahm noch einmal einen der Briefe zur Hand. Ein Umschlag. Adressiert an ihn. Eine Adresse von ihm, der so oft den Wohnort gewechselt hatte. Eine richtige. Woher hatte sie immer gewusst, wo er wohnte? Wie hatte sie ihn verfolgt? Örtlich, beruflich, vermutlich privat. Erst war er einfach nur irritiert. Dann folgte ein Gefühl der Angst, um sich, um seine Familie. Dabei hatte er das wohl nicht nötig, nicht nötig gehabt. In ihren Briefen schien keine Aggression gegen ihn zu stecken.

Dann sah er die Briefmarke auf dem Umschlag. Wieder spürte er die aufsteigende Galle. Schnell blätterte er durch. Alle, alle Briefe mit Briefmarken. Mit Sondermarken. Mit schönen Briefmarken. Sondermarken.

Er hatte damals Briefmarken gesammelt. „Soll ich dir mal mein Briefmarkenalbum zeigen?“ Hatte er das wirklich getan? Gesagt? Er hatte keine Ahnung. Absolut keine Ahnung. Er blätterte weiter durch. Nur Sondermarken. Für ihn, den Briefmarkensammler. Keine jedoch abgestempelt. Nur aufgeklebt. Auf Briefe an ihn. Nie abgeschickt.

Mein geliebter Elias,

heute las ich einen Artikel in der Zeitung und hatte mal wieder den dringenden Wunsch, darüber mit Dir zu reden. Ich liebe unsere Gespräche über Politik, über Historisches und Aktuelles, über neueste soziologische Erkenntnisse, über den Alltag. Nun, ich bin nur eine Buchhalterin, aber Du hast meinen Horizont erweitert, meinen Blick auf so viele interessante Gedanken gelenkt. Dennoch denke ich, dass es auch für Dich ebenso wichtig ist, mich zu haben. Ich halte Dich am Boden, hole Dich ab und zu aus Deinem Elfenbeinturm der Wissenschaft, ich erde Dich. So halten wir uns beide jung.

Jedenfalls, darüber wollte ich mit Dir sprechen. In dem Artikel ging es um die Suffragetten, um die Einführung des Frauenwahlrechts vor siebzig Jahren.

‚Das hat doch gar keine Relevanz mehr', sagte eine interviewte junge Frau in diesem Artikel. Mich ärgert dies unfassbar. Verdienen wir Frauen nicht immer noch in den gleichen Positionen weit weniger als die

Männer? Sind wir Frauen nicht weiterhin kaum in den großen Unternehmen an den oberen Positionen vertreten? Soeben wurde bei uns in der Disposition ein neuer Chef berufen. Nachdem der alte in Pension gegangen ist, gab es zwei Personen unter ihm: ein Mann und eine Frau. Alle in der Firma wissen, dass sie die weitaus bessere ist. Immer engagiert, bei jedem Problem zur Stelle, und zwar mit einer Lösung. Er hingegen macht ‚Dienst nach Vorschrift'. Aber – selbstverständlich – er wurde der neue Chef. Vermutlich setzt er sich jetzt noch mehr zur Ruhe und lässt sie alle Arbeit machen. Die Mitarbeiter sehen das alle so, doch Protest gibt es keinen. – Als ob überhaupt eine Frau die Disposition leiten könne. – Natürlich nicht, sagen sie. Ist das nicht traurig?

Ich könnte hier unendlich weiter argumentieren, aber Dir muss ich es ja nicht sagen. Du hast Frauen immer genauso anerkannt wie Männer. Nun ja, ich lache gerade, beruflich auf jeden Fall. Früher mochtest Du Frauen schon eher, wie soll ich es sagen, als Frauen eben. Gut, dass dies vorbei ist, seit wir zusammen sind. Also, zurück zum Thema, es ärgert mich, wenn diese Frau so etwas sagt, es ist ignorant. Vielleicht würdest Du mich jetzt vorsichtig fragen, ob meine Emphase und mein Ärger nicht auch daran liegen mag, dass vermutlich ich den Posten des Chefbuchhalters bekommen hätte, wäre ich eben keine Frau gewesen. Ja, ich denke, die Antwort ist ja. Aber ich hadere kein bisschen damit. Mir ist nicht daran gelegen, Personalverantwortung zu haben. Du weißt, das ist nicht meins. Ich fühle mich weiterhin als Mensch der genauen, exakten Arbeit, Schreibtischarbeit. Ich bin kein Mensch, der andere dirigiert und korrigiert. Ich bin ein Mensch der Zahlen.

Nur mit Dir liebe ich Geselligkeit, unsere stille Zweisamkeit. Mit Dir bin ich ein Mensch des Wortes. Dir möchte ich etwas sagen. Und ja, mir macht es Spaß, um jedes Wort in meinen Briefen an Dich zu ringen, nachzudenken, ob dieser oder jener Ausdruck besser ist. Wie ich formulieren kann, um Dich in den Bann zu ziehen, Dir vielleicht ein Lächeln zu entringen, Dich mit einem Bild zum Nachdenken zu bringen, mit Dir gemeinsam zu reflektieren. Das macht mich glücklich.– Vermutlich könnte ich sonst Deine stetigen Abwesenheiten, Deine viel zu vielen und zu langen Arbeitsreisen nicht aushalten. So jedoch kann ich abends an Dich schreiben. Doch, so bin ich glücklich.

Nun werde ich also die lange Reportage über die Suffragetten noch zu Ende lesen, obwohl der Artikel sich über drei Seiten zieht, und es schon spät ist, denn er ist mir wichtig. Ich möchte gerne über diese mutigen Frauen lesen, wie sie auf die Straßen zogen, sich heimlich versammelten und Hungerstreiks durchhielten. Sich sogar verhaften ließen für die Rechte von Frauen!

Wie diese Frauen öffentlich rauchten und damit eine große Empörung erzielten, denn dies galt als unverschämte Anmaßung der Frauen. Du würdest ein wenig lächeln, weil ich natürlich keine Revo-

lutionärin bin. Und noch nie auch nur eine einzige Zigarette geraucht habe. Nein, dies liegt nicht in meiner Natur. Aber ich bewundere diese Frauen!

Ich sehe Dich schmunzeln über meinen Eifer. Wärest Du da, würdest Du über meine rot glühenden Wangen streichen, vermutlich mir einen Kuss geben und sagen, „meine Kämpferin".

Wenn ich mir das vorstelle, fühle ich mich gestärkt. Geliebter Elias, es ist so wundervoll, dass es Dich für mich gibt.

Bis bald, Geliebter,

Deine Isabella

Er saß Julienne gegenüber in dem kleinen schicken Restaurant, in das sie öfter gingen, bevor sie wortlos zu ihr nach Hause fuhren. Immer wenn er dann nach zwei Stunden ging, sah sie ihn unendlich traurig an. Er wusste, dass sie sich wünschte, einmal eine ganze Nacht mit ihm zu verbringen, am Morgen mit ihm aufzuwachen. Immerhin war sie so etwas wie seine Langzeitfreundin, zumindest schon seit Monaten.

Aber Leo und Anne warteten. Ein Abend alleine war kein Problem, Anne passte auf Leo auf. Aber eine ganze Nacht ohne ihn war schwierig, ein Morgen ohne ihn ging nicht. Eigentlich wollte er es auch gar nicht.

Er sollte sich mal wieder auf etwas Ernstes einlassen,

hatte Oliver gesagt. Vielleicht wäre das ja auch für die Kinder gut. Und für ihn.

Ein Pianospieler spielte leise Musik, Töne, die zwischen Klassik und Jazz schwangen und die angenehme Atmosphäre fast unmerklich unterstrichen, die Wellen der Wohligkeit ausstrahlten, die die feine Pasta noch besser schmecken ließen.

„Kennst du die Suffragetten?"

Julienne zog die schön geschwungenen Augenbrauen fragend hoch und schüttelte leicht den Kopf.

„Sie kämpften für die Frauenrechte. Sie erreichten, dass die Frauen wählen dürfen. Es ist nur siebzig Jahre her. Ist das nicht unglaublich?"

Julienne nahm einen Schluck Wein. Das gedämpfte Licht zeichnete sanfte Schatten auf ihr schönes, gleichmäßiges Gesicht, den schmalen Hals, die feinen Brustbeinknochen, die weiße Bluse, die die Ansätze ihrer Brüste freigab, von denen er wusste, wie schön sie waren. Gespannt sah er ihr in die Augen.

„Naja, das ist schon lange her. Jetzt sind wir ja zum Glück gleichberechtigt. Diese Emanzen-Zicken nerven, leben eben immer noch in der Zeit vor hundert Jahren …" Sie lachte.

Diesmal fuhr er nicht mit zu ihr nach Hause.

Kurz versuchte er, es ihr zu erklären. Er war so unendlich erschöpft.

„Papa, was ist denn los?"

Zwar saß Elias an Annes Bett, um ihr Gute-Nacht zu

sagen, aber wie so oft klang ihr streng-mütterlicher Ton danach, als ob sie ihm Gute-Nacht sagen wollte.

„Ich glaube, ich habe einen Fehler gemacht. Früher mal."

„Was für einen Fehler denn?"

„Ich war für jemanden wichtig. Und ich habe ihn einfach ignoriert, er war mir egal, ich habe mich nicht um ihn gekümmert."

Die Worte schwammen weinend in der Dunkelheit. Langsam und zäh. Es dauerte, bis Annes Worte sie zerschneiden konnten. „Weißt du, was das Schlimmste in meinem Leben war?", fragte sie scheinbar unvermittelt.

Elias schrak auf. Sabrinas Tod. Selbstverständlich. Er war sich nicht sicher, ob er diesem Gespräch heute standhalten könnte.

„Ich hatte den weißen Stoffhasen. Weißt du noch?"

Oh ja, wie hätte er sich daran nicht erinnern können? ‚Bella'. „Den du in der U-Bahn verloren hast."

„Nein, Papa, nicht verloren. Vergessen."

„Also, du warst neun oder so. Er lag eben noch da, als wir gingen."

„Ich hätte auf Bella aufpassen müssen. Aber ich habe sie liegen gelassen."

„Ach, Mädchen", er nahm seine Große in die Arme. Das Drama war unvorstellbar gewesen. Wochenlang hatte sie kaum noch gegessen. Sabrina hatte bei allen Fundbüros Münchens angerufen, sie hatte gekämpft, um mit allen U-Bahn-Verantwortlichen verbunden zu werden. Kein Hase, kein weißer Hase. Wieder und wieder hatte Elias Anne dann die Geschichte erzählt von dem kleinen armen Mädchen, das direkt nach Anne eingestiegen war und Bella gefunden hatte. Sie hätte sich nie einen solchen weißen Hasen leisten können und hatte ihn jeden Tag geliebt wie die größte Prinzessin auf Erden. Aber tief im Hinterkopf, in Annes und seinem, war auch das Bild der Müllmänner, die jeden Abend alles in den Zügen Gebliebene in blaue Säcke warfen und wegschmissen ...

„Weißt du, was ich dann getan habe?", fragte Anne.

Elias schüttelte den Kopf. Er hatte angenommen, dass sie irgendwann Bella einfach vergessen hatte.

„Ich hatte doch so viele Stofftiere."

„Ja." Er lächelte. Von jeder Reise hatte er ihr eines mitgebracht.

„Sie passten nicht mehr in mein Bett."

„'Wegen Überfüllung geschlossen', ich weiß." Er lächelte.

„Dann hat Mama gesagt, ich muss aussortieren. Und ich habe ganz viele in die Kiste in den Schrank gegeben."

Das hatte Elias nicht gewusst. Aber man wusste als Vater, der Vollzeit arbeitete und dazu viel auf Reisen war, vieles nicht. Das allerdings hatte er erst gemerkt, als er mit den Kindern alleine gewesen war und seine Arbeit, so gut es eben ging, eingeschränkt hatte.

„Sie wollte sie sogar wegschmeißen. Aber das habe ich nicht erlaubt!"

Elias schmunzelte und konnte sich die Auseinandersetzungen zwischen Sabrina und ihrer damals schon durchsetzungsfähigen Tochter gut vorstellen.

„Dann habe ich einen Zettel genommen. Obendrauf geschrieben: Für Bella. Und eine Liste gemacht.“

„Was für eine Liste?“

„Eine Liste aller Stofftiere. Auch der Puppen. Alle, die wichtig waren eben.“

„Ja?“

„Und dann durften immer abwechselnd fünf von der Liste nachts in mein Bett. Die habe ich ganz doll gekuschelt.“

Elias warf einen Blick nach draußen. Weiße Flocken rieselten langsam und sanft aus dem Himmel.

„Weißt du, ich kann mich nicht immer um alle sorgen. Aber ich muss mich um sie alle kümmern, nicht nur um meine Lieblinge, nacheinander eben, allen etwas geben.“

Schneeflocke für Schneeflocke für Schneeflocke. Sehr weiß. Sehr langsam.

„Wenn Leo zu dir kam, dann hast du ihn auch noch mit in dein Bett gelassen“, erinnerte Elias sich.

„Ja“, Anne lächelte, „Leo hatte Vorrecht. Aber er musste den anderen fünf auch Platz lassen.“

Elias saß vor einem weißen Papier. Ein Glas Rotwein neben ihm. Die Kinder schliefen längst. Das Blatt lag schon lange vor ihm. Sehr weiß. Die Flasche war schon fast leer.

Noch ein Schluck.

Dann atmete er tief ein und schrieb ganz oben hin:

Für Isi

Blöd irgendwie, oder? Kinderkram.
Noch ein Schluck.
Dann atmete er aus und schrieb darunter.

Elisabeth Eden

Sie war ihm als allererstes eingefallen. Sie trug Perlonstrumpfhosen. Damals in der Grundschule. Absolut unmöglich. Keine Mutter hätte ihrer Tochter Perlonstrumpfhosen gegeben. Er war einmal, beim Fangenspielen, mit dem Finger darangekommen. Es hatte geblitzt. Es war gruselig. Und er wusste genau, dass die anderen Mädchen auch immer auf diese Strümpfe schielten. Sicher mit Abscheu.

Ein Schluck Rotwein.

Nein, mit Neid, wusste er heute.

Ihre Mütter hätten ihnen dieses ‚Erwachsenen-Kleidungsstück' nie gekauft. Nahezu verrucht: Perlonstrümpfe. Als Junge hatte er das damals nicht verstanden. Das trug man auf dem Land in Bruckmühl nicht.

Noch ein Schluck Rotwein.

Doch, sehr wohl.

Er hatte jedenfalls verstanden, dass sie eine Außenseiterin war. Bei der Großmutter lebte. Mutter geschieden, hatte er flüstern gehört. Unglaublich.

Schändlich. Kind bei der Großmutter. Da brauchen einen Perlonstrumpfhosen schon auch nicht mehr zu wundern.

Ein Schluck Wein.

Er hatte ihr Mäppchen mit all ihren Stiften weggenommen.

Noch einen Schluck, das Glas war leer.

Geklaut.

Er hatte ihre Tränen gesehen. Und den Hohn mit den anderen Mitschülern geteilt. – Die hatte wahrscheinlich nie Stifte gehabt, spottete er dann noch.

Elias stand auf und wollte gerade die nächste Flasche Rotwein öffnen, als alles um ihn plötzlich sehr klar wurde. Er googelte nach Elisabeth. Er wusste, dass sie Stefan Eden aus der Klasse geheiratet hatte. Keine zwei Minuten. Elisabeth Eden, immer noch in Bruckmühl.

Lächerlich einfach: Name und Ort und schon spuckte das Internet eine Telefonnummer aus.

Er sah auf die Uhr. 21.00. Spät, aber nicht zu spät.

Kein Zittern, kein Zögern in seinen Fingern, als er die Nummer wählte.

Mein geliebter Elias,

ich kann mir ehrlich gesagt gar nicht vorstellen, wie Jericho ist, wie es aussieht, wie es riecht. Es ist ein Ort, den ich schwer einordnen kann. Du musst mir alles über Deine Reise genau erzählen.

Natürlich, diese uralte Stadt hat für Dich eine Fülle von Inspirationen. Diesmal interessieren Dich wieder die Totenkulte, vor allem im Vergleich zu den Ägyptischen. Dich fesseln insbesondere die Totenmahle, die sowohl von den Angehörigen eingenommen, als auch den Toten als Grabbeigabe gegeben wurden. Ich bin sehr, sehr gespannt, was Du mir über Ähnlichkeiten und Unterschiede erzählen wirst.

Vor allem aber weiß ich, dass Du Klima und Landschaft genießen wirst. Ich sehe Dich vor meinen Augen, ein schützendes Tuch um den Kopf gewickelt, Dich hinabbeugen zum warmen Wüstensand, den Du in seiner Unendlichkeit, seiner gleichzeitigen Feinheit und Schroffheit so bewunderst.

Diese Stadt liegt unter dem Meeresspiegel. Allein diese Vorstellung ist erschreckend für mich, sie macht mir Angst. Natürlich weiß ich, dass Dir davon keine reale Gefahr droht, aber mir erscheint es doch unnatürlich, ungut.
Die echte Gefahr lauert wohl eher in den schrecklichen Unruhen in diesem Gebiet. Bitte pass auf Dich auf. Auch wenn Du kluge, einheimische Führer hast, sei sehr, sehr vorsichtig!

Ich habe heute auf dem Markt, in Gedanken bei Dir, eine Rose von Jericho gekauft. Ich lief vorbei, musste an Dich denken und konnte nicht widerstehen, so auch ein wenig Jericho bei mir zu haben. Ich habe die völlig ausgedörrt scheinende Pflanze heute Morgen noch in Wasser gelegt. Nun haben sich die trockenen, eingerollten Ästchen entfaltet und einen wunderschönen dunkellila Farbton angenommen. Sie steht gerade vor mir auf meinem Schreibtisch. Bin ich nicht auch eine Rose von Jericho – die aufblüht, sobald Du ihr Wasser gibst?

Deine Rose von Jericho,

Isabella

ELISABETH EDEN

„Eden."

„Hallo. Elias hier. Elias Brand."

„Elias Brand." Sie klang verwundert, dass er anrief, aber sie schien seinen Namen sofort zu kennen.

„Ja. Ich ... also, wir waren zusammen in der Schule ..."

„Oh ja!" Ihr Ton war spöttisch-bestimmt.

„Was meinst du mit Oh ja?", fragte er vorsichtig nach.

„Wer könnte dich vergessen?"

„Was meinst du damit?"

„Sag erstmal, was du willst. Es sind ja schon dreißig Jahre her, dass wir uns gesehen haben."

„Nein, sag erstmal, was du meinst."

„Elias Brand." Sie seufzte gespielt auf. „Der größte

Herzensbrecher schon in der Grundschule. Der größte Aufschneider. Der größte Angeber. Der größte Lügner." Diese Schimpfwörter ließ sie in einem liebevoll-ironischen Ton über ihre Zunge rollen.

„Oh."

„Du warst", sie zögerte, „nicht gerade ein Gentleman!"

„Du meinst, ich war ein Fiesling."

„Nein." Es klang halbherzig.

„Naja, Marion hast du das Herz gebrochen. Ihr hast du mehr angetan als mir. Sie war so unendlich in dich verliebt. Sie, die große Musikerin, die Sängerin, die damals schon sang wie eine Nachtigall. Kannst du dich an sie erinnern?"

Elias hatte eine dunkle Ahnung.

„Du hast einfach behauptet, du spielst Klavier, damit sie und ihre Familie dich toll finden. Weißt du, aber das war nicht schlimm."

„Doch, schon", gab Elias, sich plötzlich daran erinnernd, zu.

„Nein, schlimm war, als ihr Vater dich dann fragte, ob du ein Stück auf dem Flügel vorspielen könntest. Und du bist einfach abgehauen. Dabei hatte sie dich geliebt. Ob als Klavierspieler oder nicht. Aber du hast angegeben und dann bist du verschwunden."

„Ja, ich war wohl wirklich das Letzte. Das Allerletzte."

„Der süßeste Junge."

„Hm, das klingt nicht nett."

„Du warst nicht nett. Du warst toll!“

„Das tut mir leid.“

„Was heißt, das tut dir leid? Du warst der coolste Typ an der Schule!“

„Das wusste ich nicht.“

„Das wusstest du ganz genau.“

Stille.

Elias wusste nicht ganz, was sie mit diesen widersprüchlichen Worten meinte. War Letzteres ironisch von ihr gemeint gewesen?

„Elias Brand ruft mich also an. Was willst du von mir?“

„Ich wollte dich fragen, wie es dir geht.“

„Nicht dein Ernst, oder?“

„Doch, also, mir ist eingefallen, dass ich damals dein Mäppchen genommen habe und unter meinem Tisch versteckt habe. Und dir hat keiner geglaubt. Und – es tut mir leid.“

„Es tut dir leid? Hammer! Echt?“

„Ja, echt.“

„Hör mal, das war eine der fiesesten Aktionen, die je jemand mit mir gemacht hat. Aber es ist egal. Weil Elias Brand überhaupt irgendetwas mit mir gemacht hat. Das schien den anderen cool. Plötzlich war ich das zentrale Thema, und alle Mädchen quatschten mit mir. Und selbst Stef wurde auf mich aufmerksam. – Denn, mit wem Elias ‚spielt‘, der war interessant.“

„Wirklich?“

„Wirklich. Er weiß das bis heute nicht. Dass ich gar nicht interessant für dich war.“

„Ich weiß es nicht, vielleicht warst du es ja.“

„Das war ich nicht. Aber das ist mir völlig egal. Ich bin mit Stef verheiratet.“

„Oh, das ist schön.“

„Naja, also er hat als Mechaniker nur ein begrenztes Einkommen, und ich rette uns mit meinem Kellner-Job oft genug bis ans Ende des Monats. Wir haben drei Kinder. Ein Mädchen mit Down-Syndrom. Aber – ich habe Stef. Tolle Kinder. Und ein glückliches Leben.“

„Das ist schön.“

„Es ist schön. Wegen dir. Obwohl du ganz schön mies warst.“

„Okay.“

„Was wolltest du mir jetzt eigentlich sagen?“

„Wie geht es deinem Mädchen?“ Er hatte kurz gestockt, ob er behindert, Down-Kind oder Trisomie 21 sagen sollte. Alles klang ungut.

„Machst du jetzt einen auf menschlich?“

„Entschuldige, ich würde es wirklich gerne wissen.“

„Sie ist das glücklichste, liebste, wundervollste Kind der Welt. Viel einfacher als meine anderen beiden. Und immer lächelnd. Sie ist wundervoll.“

„Nichts, das ihr fehlt?“

„Nein. Also, sie möchte gerne eine Prinzessin sein. Und mit Delfinen schwimmen. Das hat sie mal im Fernsehen gesehen. Und natürlich einen Prinzen heiraten. Und ein Schloss auf den Wolken haben.“ Elisabeth lachte. „Sonst nichts.“

„Sonst geht es euch wirklich gut?“

Ihr Ton, der die ganze Zeit forsch und ironisch war,

wurde jetzt ernst. „Elias, ich habe keine Ahnung, was dieser Anruf soll. Wenn ich dich ‚freisprechen' soll wegen dem Mäppchenklau, bitte gerne. Kein Problem. Ich bin wirklich glücklich mit meinem Leben."

„Okay. Danke. Das ist wunderschön zu hören. Ciao, Elisabeth. Ciao."

„Ciao, Elias."

„Ach, noch eins", warf Elias schnell ein. „Hast du zufällig die Telefonnummer von Marion?"

„Ja, warte, ich sehe nach." Sie nannte ihm dann die Nummer und schob hinterher: „Soso, Elias, der vom Saulus zum Paulus wird ..."

„Oh, nein", antwortete Elias beschämt und verabschiedete sich dann ein weiteres Mal.

Er legte auf.

Gut. Er war ein Fiesling gewesen. Aber immerhin, das Leben von Elisabeth hatte er nicht zerstört. Sie war zufrieden mit ihrem Leben.

Er holte sich ein Glas Wein, schaltete nur die sanfte Leseleuchte im Wohnzimmer ein und sah in die dunkle Nacht hinaus. Hatte sie ihn gerade nicht irgendwie „frei von Schuld" gesprochen? Er nahm einen Schluck von dem Wein, aber er schmeckte fad. Er fühlte sich ganz und gar nicht befreit. Nur weil das Ergebnis einer üblen Tat nicht ganz so schlimm war, wie es hätte sein können, ist das wahrlich kein Freispruch. Er fühlte sich schrecklich. Er ekelte sich vor sich selbst.

Wieder nahm er einen Schluck von dem Wein, der eigentlich ein guter war, doch er schmeckte bitter.

Es war nicht wiedergutzumachen. Hatte man sich mies verhalten, war es geschehen, dem Menschen geschehen, dem man es angetan hatte. Er stand auf und schüttete den Rest des Weins in die Spüle.

Aber die Zukunft, die konnte man doch gestalten, oder? Er setzte sich an seinen Schreibtisch und dachte nach. Dann schaltete er den Computer an und googelte ein wenig. Nach Flug- und Hotelkosten für eine fünfköpfige Familie. Und nach Delfintherapien. Er hatte kürzlich erst gelesen, dass diese Tierbegegnungen Menschen mit Behinderung, auch mit Down-Syndrom, viel geben können. Bewegung, Glücksgefühle, Nähe zu Tieren, all dies zusammen kann motorische und sprachliche Fähigkeiten fördern. Vor allem aber bereitet es besonders Kindern ein großes Glück.

Morgen würde er eine Delfintherapie buchen und die Reise für eine ganze Familie.

Er sah noch in Leos Zimmer hinein, der leise schnorchelnd schlief. Dann zu Anne. Er beobachtete ihr engelsgleiches schlafendes Gesicht, die Lippen leicht offen.

„Danke, meine Tochter. Wir tun das, was wir können, okay? Ich war ein mieser Typ. Aber ich habe ja noch ein paar Jahre, um es wiedergutzumachen. Hoffentlich."

Er fühlte sich leer. So leer, so ausgepowert. Hatte er diesmal zu viel gegeben? Sabrina hatte ihn vom Foto im Wohnzimmer angelacht mit ihrer sprühenden

Lebensfreude. Sabrina war ein Mensch, der immer im Jetzt lebte, jede Sekunde genoss. Probleme ernst nahm, ihnen aber nicht nachhing. Nein, sie hätte ihn nicht gerne so schwer, so zäh, so leer gesehen. Sogar das schummrige Wohnzimmerlicht hing traurig schwebend über ihm. Es war Zeit, dass auch er sich etwas Gutes tat. Julienne. Sie wollte nicht nur die Nacht mit ihm, sie hätte sich den Morgen gewünscht, den Tag, die Tage, die Nächte. Sie hatte ihn manchmal, wenn sie ruhig und gesättigt nebeneinanderlagen, nach seinen Kindern gefragt.

Er war sich nicht sicher, ob sie das nur tat, um ihre Ernsthaftigkeit zu beweisen. Aber immerhin. Und natürlich, sie sah fantastisch aus. Aber, gestand er sich ein, ein wenig seichter im Denken. Manchmal unterstützte sie seine Melancholie. Vermutlich aber nur, weil er ja doch ging, bevor der Morgen kam.

Beim Sex gab es keine Melancholie mit ihr. Totales Versinken. Begehren. Loslassen. Vergessen. Er wählte ihre Nummer. Es klingelte einmal. Er drückte auf den roten Knopf, das Klingeln verstummte. Sofort danach sah er ihren Rückruf. Er drückte ihn nicht weg, aber er nahm ihn auch nicht an.

Vergessen suchen? Oder Beziehung? Er musste sich entscheiden. Und er spürte eine ganz langsame, unsichere Erkenntnis. Er wollte nicht mehr nur Ersteres.

Aber er war sich noch nicht sicher.

Julienne?

Wieder saß Elias vor dem Papier, auf dem bisher nur „Elisabeth Eden“ gestanden hatte.

Soeben war ihm ‚Halts-Maul-Paul‘ eingefallen. Er konnte es selbst nicht fassen, wenn er jetzt darüber nachdachte. In seinem Fußballverein war ein manchmal wie ein Wasserfall quatschender Junge gewesen, den er wie alle anderen irgendwann nur noch ‚Halts-Maul-Paul‘ genannt hatte.

Nach Paul schrieb er als nächsten Namen Indiana. Eine Ex von ihm. Auch sie hatte er nicht gut behandelt. Er hatte zu viele Frauen gehabt, vor Sabrina. Und eben auch nach Sabrina, gestand er sich zögerlich ein.

Ja, Indiana wollte er auch anrufen.

Und Peter aus dem Studium. Peter Drömer, erinnerte er sich auch an dessen Nachnamen. Er war ein kluger, sensibler Student gewesen. Obwohl sie nicht sehr nahe befreundet gewesen waren, hatte er eine Erinnerung in ihm hinterlassen. Ja, Peter wollte er auch anrufen.

Tsveta. Du meine Güte, Tsveta. Natürlich! Sie war seine bulgarische Freundin gewesen, nein, mehr. Sie war seine große Liebe vor Sabrina. Tsveta hatte sich von ihm getrennt, weil sie nicht nach Deutschland ziehen wollte. Für ihn ein Schuss ins Herz. Der ihm im Nachhinein gutgetan hatte, der ihm gezeigt hatte, dass auch er fühlte, verletzlich war, der ihn vorbereitet hatte, sich auf Sabrina einzulassen. Und dennoch hatte er Tsveta, seine große Liebe, nie mehr danach gesprochen. Ja, er wollte wissen, wie es ihr geht.

Sofort kam der nächste Gedanke. Luigi. Sein bester

Freund aus Schultagen. Ein ruhiger Junge, sein Pendant, sein Gegenpart. Der ihn ab und zu davon abhalten konnte, noch mehr Unsinn anzustellen. Sein ruhender Pol, sein Gewissen. Luigi. Wie lange hatte er ihn schon nicht mehr gesehen?

Verwundert sah er auf die Liste. Sie füllte sich wie von selbst mit Namen:

Für Isi

Elisabeth Eden
Marion
Peter Drömer
Indiana
Paul Pra
Tsveta
Luigi

Wieder griff er zum Stift. Es fielen ihm noch so viele Menschen ein, die er unbedingt fragen wollte, wie es ihnen geht. Vielleicht könnte er für sie da sein, vielleicht gar ihnen helfen.

Mein geliebter Elias,

wenn ich Dich so sehr vermisse wie heute, dann lese ich mir Deine Briefe und Deine wundervollen

Reisebeschreibungen durch und träume davon, gerade mit Dir auf Reisen zu sein.

In Trier bist Du nun also. Ich träume davon, so wie Du mir die Städte beschrieben hast. Trier, gegründet noch vor Christus von Kaiser Augustinus. Die Porta Nigra, das am besten erhaltene Stadttor der antiken Welt. Sogar die Spuren keltischer Siedlungen, einfach faszinierend.

Ich träume davon, wir fahren in die Stadt, in der Du etwas sehen möchtest. Ich liebe es sehr an Dir, dass Du die Ursprünge der Menschheit suchst, das ganz Alte, das Ursprüngliche, das Magische. Wenn Du über solche Orte wie die älteste bewohnte Stadt, Jericho, oder die älteste Tempelstätte, Göbekli Tepe, sprichst, wenn Du über die heiligsten Orte wie die Pyramiden von Gizeh, Jerusalem, Delphi, Mekka und all die anderen Kultstätten sinnierst, dann leuchten Deine Augen. Du suchst die Magie an diesen Orten. Und mit Dir kann auch ich sie dort finden.

Das Landesmuseum in Halle beeindruckt mich schon von außen. Burgartig prangt es auf einem großen Platz mit seinen beiden wehrhaften Türmen rechts und links. Der Eingang zwischen Säulen wirkt auf mich wie ein Tempel. „Ein Tempel der Künste“, sage ich. Du lachst mich an, ziehst mich an Dich, gibst mir einen Kuss und flüsterst: „Wie recht Du hast, meine Schöne.“

Wie so oft wolltest Du Dir nicht das ganze Museum ansehen. Du weißt, dass ich dieses Vorgehen erst durch Dich gelernt habe. Ich war ein ganz normaler Museumsbesucher, der durch die Hallen schlenderte und versuchte, so viel wie möglich aufzunehmen. Du nicht. Du willst etwas ganz Spezielles sehen und Dich dann auch gar nicht durch Anderes ablenken lassen. Dieses eine willst Du sehen, erfahren, erspüren, in allen Details betrachten, aufnehmen, im Kopf oder im Gespräch mit mir deuten. Du weißt, ich genieße die Orte, noch mehr aber Deine Gedanken dazu, die Begeisterung, die Du mir vermittelst und mit mir teilst.

Diesmal ist es die Himmelsscheibe von Nebra. Klingen nicht diese Worte schon wundervoll. Ich bin ja mehr ein Mensch der Worte. Schon das Wort ‚Himmelsscheibe'. Ich assoziiere Himmelsrichtungen, Himmelskörper, Sternenhimmel. Doch es ist eine Scheibe.

„Früher betrachtete man das Firmament und bezeichnete es als Himmelsgewölbe oder Himmelszelt", erklärst Du mir. „Man dachte, die Rundung des Himmels gehöre noch zur Sphäre der Erde, dahinter aber beginne der göttliche Himmel. Dort ist dann das Göttliche, das Überirdische. Man glaubte immer, der Sternenhimmel sei eine kugelförmige Entität. Doch, mein Schatz, auch wenn alle Deine Assoziationen stimmen, so kommt die ‚Scheibe' vermutlich nicht daher. Ich verrate Dir noch nichts, Du wirst es gleich sehen."

„Und Nebra", fantasiere ich weiter, „Nebra – das ist eines der wundervollsten Worte, die ich je gehört

habe! Es klingt sehr mysteriös, schön und tief. Ein Sehnsuchtsort."

Wieder ziehst Du mich an Dich, siehst mir in die Augen und sagst: „Ich liebe Dich, Isabella."

Als wir in den Raum hineinkommen, in dem die magische Himmelsscheibe sein soll, sehe ich zunächst gar nichts. Es ist absolut dunkel. Die Wände sind mit einem dunklen Stoff bezogen. Erst als meine Augen sich an das schwache Licht gewöhnen, kann ich überhaupt erkennen, wohin ich gehen sollte. So etwas könnte mir Angst machen, wie Du weißt. Aber Du bist mein Fels in der Brandung. Auch Du musst Dich erst an die Dunkelheit gewöhnen, stehst aber ganz ruhig. Ich kann spüren, wie Du diese Inszenierung genießt, in Dir aufnimmst. Diesmal rede ich nicht, es ist wie die Pforte zu einem magischen Ort, hier muss man schweigen. Aber wir beide empfinden, wie wundervoll es ist, etwas so Besonderes in absoluter Dunkelheit zu zeigen. Dann erst bewegen wir uns vorsichtig in dem schwarzen Gang und um die Ecke herum. Dort prangt sie. Sie raubt mir den Atem. Eine in einem Glaskasten erleuchtete kleine Scheibe, kaum größer als dreißig Zentimeter. Und die dennoch funkelt und verspricht, einem von den Urgründen der Menschheit zu erzählen. Die einen sofort in ihren Bann zieht. Man spürt das unfassbare Alter dieses Relikts.

„Sie ist wohl viertausend Jahre alt. Kannst Du Dir das vorstellen? Es ist die älteste Himmelsdarstellung der Menschheitsgeschichte! Tausende von Jahren lag

dieses Bild des Himmels im Boden verborgen", hebst Du an mit Deiner wundervoll tiefen Erzähl-Stimme. „Es war eine Zeit, in der wir kaum Kultur, keine Wissenschaft in Mitteleuropa vermuteten. Ackerbau und Viehzucht gab es. Alte Kulte beherrschten die religiösen Vorstellungen."

Ich betrachte diese kleine Scheibe, die Himmel und Erde beinhaltet. Auf einer grün-türkisen Bronzescheibe mit Kupferlegierung, kann ich golden einen Vollmond und einen Sichelmond erkennen. Darum herum verteilte goldenen Punkte. „Die Sterne?", frage ich.

„Ja, vermutlich die Plejaden im Sternbild Stier."

„Was konnten die Menschen daraus ablesen?"

„Dazu gibt es sehr viele wissenschaftliche Meinungen, die sich teils ergänzen, teils widersprechen. Es geht um das Mondjahr und das Sonnenjahr, um Schaltjahre. Die Horizontbögen, die du rechts und links siehst, ermöglichen, dass man die Scheibe, wenn man sie hier auf einen bestimmten Berg legt, als Kalender benutzen kann. Andere sagen, es sei ein religiöses Kultobjekt, sie stelle eine religiöse Botschaft dar. Wieder andere sehen darin kein astronomisches, sondern ein schamanistisches Objekt."

Wir versinken beide in den Anblick der uralten Scheibe. Ich habe das Bedürfnis, die eingerissenen Ränder einmal zu umfahren, überhaupt, es anzufassen, auf der Hand zu spüren. Dass es ein schamanistisches Objekt ist, kann ich mir vorstellen. Es zieht einen an, es strahlt etwas aus. Es ist magisch.

Aber auch Wissenschaft, davon bin ich überzeugt, es ist eine Abbildung des Firmaments in Bezug zur Erde.

„Vielleicht stimmt alles, vielleicht nichts", lächle ich und Du lächelst zurück.

Lange noch stehen wir davor.

Wir laufen in dem dunklen Raum der Scheibe von Nebra noch an den erklärenden Tafeln und an den zwei Schwertern vorbei, die zugleich mit der Himmelsscheibe gefunden worden sind, doch nichts davon hat eine Ausstrahlungskraft wie das Wunder von Nebra.

Noch versunken in den Zauber gehen wir schweigend die breite Steintreppe hinab und dann in das Café in der Nähe, das wir vorher schon gesehen hatten. Uns beiden ist nur nach einem Espresso und einem Schluck Wasser zumute. Wir schweigen miteinander, beide in unseren Gedanken gefangen. Ich liebe dieses gemeinsame und teilende Schweigen mit Dir, es ist etwas, das uns sehr verbindet.

Doch dann atme ich ein und versuche, mich von dem Zauber zu lösen und wieder sachlich zu werden. „Ist das der Grund, warum Du in Deinen Publikationen erklärst, dass dieser Fund die bisherigen wissenschaftlichen Erkenntnisse über den Haufen wirft?"

„Es ist komplizierter. Zeitlich passen die Schwerter und die Scheibe nicht zusammen. Die Wissenschaft stand damit vor einem Rätsel. Man hat nun aber Gräber gefunden, die belegen, dass in dieser Gegend

die frühe Bronzezeit um 2150 vor Christus begonnen hat – und damit deutlich später als angenommen."

„Was genau willst Du nun erforschen?"

„Ich untersuche, wie diese neuen Erkenntnisse die gesamte bisherige Chronologie infrage stellen. Auf jeden Fall war die Entwicklung in der Bronzezeit in Süddeutschland nicht linear – und diese Erkenntnisse wirken sich auf die Forschungen zu vielen anderen Funden aus. Darüber sitze ich nun. Vielleicht noch Jahre, mein Liebes."

Ich seufze, denn ich weiß, dass dies wieder so viele Reisen an die Fundstätten bedeutet. Lange Reisen, in denen ich allein sein werde.

„Wenn also die Bronzezeit neu datiert werden muss, können plötzlich auch die Funde der Scheibe und der Schwerter aus einer gleichzeitigen Zeit erklärt werden."

„Nebra. Nebra. Nebra", murmele ich bedeutungsschwer vor mich hin.

„Die Stadt heißt so, einfach nur die Stadt, wo sie gefunden wurde!" Du lachst.

„Nein", ich schüttle schmunzelnd den Kopf, „man hat die Scheibe dort abgelegt, weil die Stadt diesen magischen Namen hat."

Du lachst und küsst mich.

„Jetzt aber genug der Wissenschaft. Wir spazieren nun durch die Stadt und werden uns dann ein wunderschönes Restaurant aussuchen, um essen zu gehen!"

Siehst Du, mein Liebling, ich wiederhole in meinen Gedanken und Träumen unsere Reisen und schon bin ich wieder glücklich.

Deine Dich liebende

Isabella

„Ich würde gerne mal wieder nach Jericho." Elias wusste selbst nicht ganz, warum er das nun sagte. Bevor die Praktikantin zu ihrem Termin an der Tür angeklopft hatte, hatte er lange sinnierend aus dem Fenster der Redaktionsräume gestarrt.

Die hübsche, junge Frau mit dem etwas zu kurzen Rock saß ihm nun gegenüber an seinem großen Schreibtisch. Sie hatte ihm gerade ihre Praktikumsdokumentation vorgelegt, deren Benotung wichtig für ihr duales Studium war.

„Ja", sagte sie zögernd, „Jericho, die älteste Stadt der Welt. Voller weiterer möglicher Funde. Aber bei der jetzigen politischen Situation würde ich nicht hinreisen."

„Da haben Sie recht."

„Andererseits, nicht dass Sie mich falsch verstehen, mir ist klar, dass man in unserem Beruf auch unter problematischen Umständen an die jeweiligen Orte fahren muss."

Wie recht du hast, meine Schöne. Hatte er das jetzt

gesagt oder nur jene Worte aus Isabellas Brief zitiert, die eine Frau glücklich machten?

„Darauf wollte ich nicht hinaus." Elias zögerte. Sein Blick blieb am Schrank voller Fachpublikationen hängen, der sich über die ganze Wand des großen Büros zog. „Ich meinte nur, Sie interessieren sich selbstverständlich für all dies. Vermutlich muss ein Partner für Sie ebensolches Verständnis für Geschichte, Länder, deren Politik und Kultur haben."

Einen Moment herrschte Ruhe im Raum.

Dann stand die Studentin auf. „Wenn Sie glauben, ich gehe mit Ihnen ins Bett, um eine gute Abschlussnote zu bekommen, dann können Sie das vergessen. Ich suche mir einen anderen Betreuer!"

Die Tür knallte laut ins Schloss.

„So habe ich das doch gar nicht gemeint." Elias' Worte konnten sich nur noch gegen die geschlossene Tür richten. Seine Worte klangen für ihn selbst flau. Oder hatte er es doch so gemeint? – So oder ähnlich hatte es zumindest bisher oft geklappt.

PAUL PRA

Paul hatte ein Bierglas vor sich stehen und prostete Elias zu. „Finde ich wirklich klasse, dass du dich nach all den Jahren einfach mal so bei mir gemeldet hast."

Er nahm einen langen Schluck. „Und die Geschichte mit den Koffern ist wirklich wahr?"

Elias nickte.

„Fühlst du dich immer noch schuldig?"

„Ja. Ich hätte einfach achtsamer sein sollen. Ihr keinen Ton mehr zu schreiben, sie niemals anzurufen. Ich war echt mies."

„Aber du warst jung damals."

„Ist ja kein Grund, ein hinterfotziger Widerling zu sein."

„Nein, aber ich erinnere mich nicht so an dich. Du warst leichtfertig, lustig, trankst gerne einen über den Durst. Du warst eben ein Frauentyp – und kein Kostverächter. Aber du hast die Frauen nicht gebrochen hinter dir zurückgelassen, die wussten sehr wohl, auf was sie sich bei dir einlassen, und du hast ihnen auch nichts versprochen, was du dann nicht eingehalten hättest."

Elias beobachtete die aufsteigenden Perlen in seinem Bierglas, sie sammelten sich, stießen sich dann wieder ab und hängten sich gerne am Glas fest wie kleine Quallen. Pauls Worte waren geschönt, er war skrupellos gewesen. Was er hinter sich gelassen hatte, war ihm ziemlich egal gewesen.

„Zuerst war der Schock riesig. Ich hatte das Gefühl, mit dieser Schuld nicht fertig zu werden."

„Und jetzt?"

„Ich sehe es mittlerweile anders. Es ist nicht mehr nachzuweisen, ob und wie viel Schuld ich an Isabellas Tod habe. Was ich habe, ist eine Verantwortung nach vorne. Ich habe gelernt, dass man mit den Menschen, die man in seinem Leben trifft, achtsam umgehen sollte. Dass man als Mensch weniger danach fragen sollte, wie es einem selbst geht als danach, wie es dem anderen geht. Nicht nur so fragen, ohne die Antwort wissen zu wollen, sondern fragen und zuhören und nachfragen." Elias spürte den Worten nach, die noch nicht wirklich zu ihm zu passen schienen, die pathetisch wirkten. Redete er sich gerade etwas ein? Spielte sich selbst vor, ein besserer Mensch geworden zu sein und erzählte das auch noch den anderen? Er war wirklich eine armselige, lächerliche Figur.

Der Dunst nach Bier hing schwer im kleinen Raum des griechischen Restaurants.

Paul lachte. „Also, ich bin immer noch genauso verquer wie früher. Weißt du noch, ich war der Einzige, der seine Fußballtrikots unbedingt gerade streichen und in den Spind hängen musste, während ihr eure Klamotten einfach hineingeschmissen habt, egal wie ordentlich eure Mütter sie zuvor gebügelt hatten?"

„Ich erinnere mich genau. Aber du mochtest eben einfach immer Ordnung." Sie hielten Paul damals für einen Nerd. Völlig übertrieben, krankhaft. Kein normaler Junge faltete seine Hose auf DIN-A4 Format. Nur Paul. Auch hier verschönte er die Situation, spürte Elias. Damals hatte er nichts Entschuldigendes an Pauls Verhalten gefunden. Nur ein Grund, um ihn aufzuziehen.

„Mag ich immer noch. Ich bin ein Zahlenmensch, arbeite im Büro eines Baumarkts. Wenn ich diese Arbeit nicht bekommen hätte, wäre ich vermutlich immer noch in Bruckmühl. Ich bin für Finanzen und Auswertungen zuständig. Und selbst zuhause führe ich ständig über alles Statistik. Da käme kein anderer drauf!“

„Statistiken über was denn?“

„Naja.“ Paul lachte. „Über wirklich alles. Meine Frau und ich wiegen uns jeden Morgen, ich trage das Gewicht in eine Tabelle ein und führe Statistik über Rekordtage, Monate und Jahre. Aber auch anderes notiere ich. Der wärmste und der kälteste Tag des Jahres. Ich führe Jahresstatistiken über Arztbesuche, Friseurtermine, Autowäsche, Ausflüge, Augenflimmern, Friedhofspflege.“

„Puh.“ Mehr fiel Elias dazu gerade nicht ein.

„In der Kirche führe ich Buch, wer wie oft gepredigt hat, aus welchen Bibelbüchern am häufigsten zitiert wurde.“

„Und warum tust du das?“

„Keine Ahnung.“

Ein Schluck Bier. Die Blondine lief an Elias vorbei und streifte ihn dabei sanft am Rücken.

„Die steht auf dich!“, flüsterte Paul. „Alles wie früher. Ich bin verrückt nach Ordnung. Und die Frauen sind verrückt nach dir.“

„Unsinn.“ Elias schüttelte den Kopf. „Es ist eben eng hier.“

Paul lachte laut. „Mich mag die jedenfalls nicht so.“

Elias lächelte ihn an. „Ich mag Menschen mit besonderen Interessen.“ Das war nicht ganz gelogen. Natürlich fand er Paul und seinen Ordnungs- und Statistik-Fimmel völlig verquer. Aber ja, wie in seinen Forschungsarbeiten, interessierte er sich für das

Außergewöhnliche, nicht für das Normale. Wieder rief er sich dann zur Ehrlichkeit. Nun, ihn faszinierte das Außergewöhnliche. Ob er es mochte, war wieder eine andere Frage. Wie oft hatte er sich in seinem Leben eigentlich schon selbst belogen, sich vor sich selbst besser gemacht als er war. Wieder fiel ihm das Wort ‚erbärmlich' für sich selbst ein.

Paul hob, wie bereits mehrfach zuvor, den Arm, um bei der Bedienung nachzuordern, doch die schien einfach über ihn hinwegzusehen. „Zwei Bier noch", rief Elias, und die Blondine nickte ihm lächelnd zu und ging an den Zapfhahn.

„Meine Frau mag meine besonderen Interessen überhaupt nicht. Sie sagt, ich bin schon immer ein Eigenbrötler gewesen, aber jetzt werde ich zum Irren. Man könnte ja gar niemandem mehr erzählen, was ich täte."

„Was denn noch?"

Die Kellnerin räumte die zwei leeren Gläser ab und stellte zwei neue auf die Bierdeckel.

„Du wirst mich auslachen."

Wieder perlte das frische Bier aufs Neue. Beide Männer prosteten sich zu und tranken.

„Ich habe Schwierigkeiten mit Entscheidungen."

Elias sah ihn nur aufmerksam an.

„Es fällt mir schwer zu entscheiden, welchen Film ich ansehen will. Oder was ich anziehe. Oder auch, welches Buch ich lese. Ich habe dafür Auswahlsysteme und Abzählvorgänge entwickelt, die mir ein Ergebnis liefern."

Elias hörte nur zu.

„Also beispielsweise die Wahl meines Hemdes. Wenn ich jeweils das oberste nehme, denke ich, dass die unteren so ja nie drankommen. Also habe ich mir ein System ausgedacht: Wenn meine Frau mir frisch gewaschene Hemden hinlegt, packe ich sie nicht wie jeder andere fort. Stattdessen hole ich alle Hemden aus dem Schrank und lege sie und auch die frisch gewaschenen der Reihe nach auf drei Stapel. Dann sehe ich auf die Uhr. Die in dem Moment angezeigte Minute gibt mir vor, welcher der drei Stapel nach unten kommt und welcher nach oben. Wenn ich also morgens ein frisches Hemd benötige, nehme ich das oberste, denn das ist ja quasi per Zufallsgenerator an die erste Stelle gesetzt worden." Er nahm einen Schluck aus dem Bierglas. „Aber das ist noch nicht alles. Im zusammengefalteten Hemd liegt ein Zettel, auf dem eingetragen wird, wann ich dieses Hemd getragen habe. So kann ich sehen, wann es zuletzt dran war. Und ich kann am Jahresende sagen: Das blaukarierte Hemd war mit sechsundzwanzig Einsätzen in diesem Jahr das meist getragene Hemd." Paul nahm einen Schluck Bier. Ernst und zugleich traurig sah er dann Elias an. „Noch Fragen?"

„Ungewöhnlich." Elias grinste. „Aber sehr fair zu den Hemden, finde ich."

„Noch schlimmer ist es bei den Büchern, die ich lese."

„Du ordnest sie nach den Farben und liest sie nach dem Farbkreis", schlug Elias schmunzelnd vor.

„Wäre fast eine Idee für mich. Aber ich mache das selbstverständlich mathematisch-logischer und komplizierter. Ich zähle vom zuletzt gelesenen Buch ab weiter je nach Datum. Also am 10.2. zähle ich zehn Bücher weiter. Dieses wird als Nächstes gelesen. Es sei denn, es ist noch gesperrt. Das heißt, es muss über ein Jahr her sein, dass ich es zuletzt gelesen habe. Ansonsten zähle ich von dort wieder zehn weiter.

So macht es mir Spaß. Einfach hinstellen und nehmen funktioniert nicht."

Sie schweigen. Ein Biertheken-Männer-Schweigen.

„Ich glaube, dass du immer schon viel mehr als wir anderen wahrgenommen hast. Deswegen warst du bei unseren Turnierspielen auch aufgeregter als alle."

„Stimmt. Alle haben sich dann über mich lustig gemacht!"

„Ja, weil du eine piepsige Stimme bekommen hast, geredet hast wie ein Wasserfall und uns auf alles aufmerksam gemacht hast: dass der Schiedsrichter hinkt, und die dunklen Wolken Regen versprechen, und das Gras nicht kurz genug geschnitten ist ..."

„Paul – halts Maul, haben sie dann gereimt. Irgendwann hieß ich dann nur noch so: 'Halts-Maul-Paul'."

Genau daran hatte Elias gedacht, als er Paul auf seine Liste geschrieben hatte. Halts-Maul-Paul. Kinder konnten grausam sein, gnadenlos. Und ihm war damals nicht einmal die Idee gekommen, dass es nicht in Ordnung war, einen Fußball-Kameraden so zu nennen. Nie hatte er sich einen Gedanken dazu gemacht. Er schämte sich.

„Hat es dich getroffen?" Eigentlich eine komplett überflüssige Frage. Elias sah beschämt auf sein Glas.

„Ja, schon. Aber auch nicht schlimm."

„Wir anderen haben das alles einfach gar nicht bemerkt. Und du hattest ja mit allem, was du uns gesagt hast, recht!" Auch dies war wieder nur eine Ausrede. Erbärmlich.

„Euch war es dann allerdings egal, aber mich hat das alles fertig gemacht."

Das war ehrlich. Und Elias wusste einfach nichts darauf zu sagen. Er schämte sich so sehr. Erbärmlich war er.

Als Paul gegangen war, um pünktlich bei Frau und Tochter zu sein, rief Elias die Bedienung zum Zahlen. Sie kam sofort. Mit der Rechnung und mit zwei kleinen Gläsern. „Oh, dein Freund ist schon gegangen. – Na, dann muss ich wohl den Ouzo mit dir trinken." Sie setzte sich auf den Barhocker neben ihn, ließ ihr Glas an seines klingen und lächelte. „Nun bist du ganz einsam hier." Sie tranken beide den Schnaps in einem Zug aus.

„Gut", lächelte Elias, „der Ouzo."

Das Knie der Blondine berührte wie zufällig seines.

„Ich war mal in Jericho. Dort gibt es auch Anisschnaps, der ist schärfer, stärker als der Ouzo aus Griechenland."

„Noch schärfer“, betonte sie und ließ die Zunge über ihre Lippen fahren, als ob sie die letzten Tropfen der Spirituose suchte. Volle, schöne Lippen. Elias spürte, dass er Lust hatte, diese Lippen zu küssen.

„Ich war mal in Griechenland. Rhodos. Dort war der Ouzo auch gut.“

„In Jericho heißt er Arak.“

„Arak“, murmelte sie und brachte ihre Lippen seinen noch ein wenig näher.

„Und es gibt dort die Rose von Jericho. Sie kann monatelang wie tot in der Wüste liegen. Doch wenn der erste Regen fällt, blüht sie auf wie eine frische Blume.“

„Möchtest du meine Blume sehen?“

Das ging schnell, fand Elias. Schnell und problemlos. Das schätzte er eigentlich sehr.

„Nicht in Jericho. In meinem Zimmer dort oben“, fügte sie hinzu.

Elias lachte, zog sie an sich und küsste ihre Lippen. Er spürte Begehren. Kurzer, schneller Sex, Erlösung, die eine Zeit des Vergessens versprach.

„Aber erst musst du noch zahlen. In fünf Minuten habe ich Schicht-Ende.“

Als sie wieder zurückkam und er aufstand, legte sie von hinten die Arme um ihn und drückte ihre Hüfte gegen seine. „Das Jericho, das gibts doch nur in der Bibel, nicht in echt. Du bist ein Märchenerzähler.“

„Die Stätten der Bibel gibt es alle in echt.“

„Wirklich?“, murmelte sie und presste ihre Hüfte in sanftem Rhythmus gegen ihn.

„Jericho liegt im alten Palästina, im heutigen Westjordanland. Es ist eine der ältesten Städte überhaupt. Sie ist wunderschön. Und sie liegt unter dem Meeresspiegel."

„Wenn du weiterquatschst, ist meine Blume bald so kalt wie am Meeresspiegel." Sie nahm seine Hand und führte ihn die Treppen hinauf in ihr kleines Zimmer.

Als sie kurz danach schnarchte, zog er sich leise an und ging hinaus. Er fühlte sich ekelhaft.

Ein Taxi fuhr an ihm vorbei. Kurz zuckte seine Hand zum Winken, doch dann ließ er sie sinken. Ein paar Kilometer, vielleicht eine Stunde, wenn er nach Hause ging. Die Nacht war sternklar, was selten war in München. Er lief langsam durch die dunklen Straßen, in immergleichem Tempo, bis er die Häuser um sich nicht mehr wahrnahm. Dafür spürte er umso mehr das Gefühl, das sich in ihm aufbauschte, das Gefühl des Ekels. Er ekelte sich vor sich selbst, vor diesem Elias, der schnell mal mit einer Frau auf ihr Zimmer ging, nicht mal nach ihrem Namen hatte er gefragt. Er ekelte sich vor diesem Elias, der mit einer Frau Sex hatte, wobei er nicht das Bedürfnis hatte, sie je wiederzusehen. Er ekelte sich.

Und dachte an Isi. An ihre Briefe, an ihre Worte. Sie wäre eine Frau gewesen, die gerne sein Leben mit ihm geteilt hätte, nicht nur den Körper, die sich sogar aus der Ferne interessiert hatte für seine Arbeit, die jeden

Artikel von ihm gelesen haben musste, die gerne mit ihm gereist wäre.

Wäre es nicht schön, eine solche Frau zu haben? Eine Frau, die gerne auf seine Interessen eingeht. Eine Frau, die sich selbst für viele Dinge interessiert, mit der man sich austauschen könnte. Eine Frau, die mit ihm reist.

Und auf gar keinen Fall eine Frau, die ihm sofort ihre ‚Blume' zeigen wollte. Auf keinen Fall.

Er wollte sich nicht mehr vor sich selbst ekeln.

„Du hast dich schon lange nicht mehr gemeldet", stellte Julienne vorwurfsvoll fest.

„Entschuldige bitte. Ich bin einfach total durch den Wind."

Der Kellner unterbrach seine Erklärungen.

„Ich nehme als Vorspeise drei Austern. Und wir wollen Champagner. – Und dann sehen wir weiter," bestellte Julienne mit spitzem Ton und sah ihn herausfordernd an.

„Und für Sie?", fragte der Kellner.

„Eine große Flasche Wasser dazu. Und erst einmal nur ein wenig Brot als Vorspeise." Dann fügte er schnell noch hinzu: „Bitte."

„Sehr gerne." Der Kellner verschwand.

Er hatte Julienne in ein teures Restaurant in der Nähe vom Hofgarten eingeladen. Er wusste, dass sie das Tambosi mochte, obwohl ihm die Schickimicki-Gesellschaft Münchens, die hier gerne Austern aß und Champagner schlürfte, unangenehm war.

„Ich weiß, dass dir in unserer Beziehung vieles gefehlt hat“, begann er.

„Soso, was denn?“ Mit spitz gezogenem Mund, den er nicht ganz deuten konnte, sah sie ihn an.

„Mehr“, er suchte nach dem richtigen Ausdruck, „Stetigkeit.“

„Zeit, einfach Zeit“, übersetzte sie etwas spöttisch.

„Ja. Und eben etwas Festeres.“

Jetzt sah sie ihn ernst an. „Stimmt.“

Umständlich kramte er in seiner Jackentasche. Wo war das Kästchen? „Und ich denke, das wäre richtig so.“ Ja, er hatte es sich lange überlegt. Stetigkeit. Zeit. Keine Geheimnisse mehr. Auch und besonders nicht vor seinen Kindern. Er öffnete das Kästchen. Ein goldener Ring mit einem Brillanten. „Ich würde es gerne fest machen.“ Waren das die richtigen Worte?

Sie griff nach dem Kästchen, sah den Ring an, holte ihn heraus und steckte ihn sich selbst an den Finger. „Nicht schlecht“, sagte sie.

„Wie viel Zeit? Wie fest?“, fragte sie dann mit wieder herausfordernder Stimme.

Elias wusste nicht, was genau sie hören wollte. So genau hatte er sich das auch nicht überlegt. „Ich möchte dich meinen Kindern vorstellen.“

Langsam beugte sie sich über den Tisch und fuhr sich lasziv mit der Zunge über die Lippen. „Mein Lieber. Wenn du mich willst, brauchst du mich nicht erst deinen Kindern vorzustellen.“

„Ja, so habe ich das auch nicht gemeint.“ Er war verunsichert.

„Dann stellst du deine Kinder mir vor!“

Ja, das war vermutlich richtig so. Wenn er sich für eine Frau entschied, dann musste er auch vor seinen Kindern zu dieser Frau stehen. Das war wohl Stetigkeit.

Mein geliebter Elias,

ich muss Dir schnell etwas erzählen, auch wenn ich eigentlich kaum Zeit habe. Denn: ich gehe gleich aus! Ich weiß, Du wirst die Augen verwundert hochziehen, wenn Du dies liest, denn Du kennst ja meine Zurückgezogenheit, meine Menschenscheu.

Aber seit langem treffe ich beim Gassi-Gehen öfter eine Frau, die einen kleinen Cocker-Spaniel hat. Die Hunde haben uns zusammengebracht. Momo und der kleine Coco verstehen sich sehr gut. Wir gingen ab und an ein Stück zusammen. Auch sie ist eher schüchtern, aber wir konnten auch gemeinsam schweigen und den Hunden zusehen. Manchmal wollte ich fast abbiegen, wenn ich sie von weitem sah. Anderen könnte ich es nicht erklären, aber Du kennst mich ja. Ich habe Angst vor Menschen, jedes Gespräch bedeutet für mich auch Anstrengung. Nur mit Dir kann ich in Gelassenheit reden. Aber mehr und mehr spürte ich bei den Minuten, die wir zusammen gingen, dass die Anwesenheit dieser Frau mir die Angst nahm. Sie ist so ruhig, so angenehm und nett. Natürlich dachte ich auch an Deine immer aufmunternden Worte. Dass ich nicht so schüchtern sein solle, weil ich ein liebenswerter Mensch sei, der auch gut mit anderen auskommen könnte. Wir gingen immer längere Wege miteinander und sprachen immer mehr. Sie heißt Mia.

Gestern liefen wir lange schweigend nebeneinander, ich glaube, auch sie musste ‚Anlauf' nehmen für ihre Frage. Schließlich fragte sie mich, ob ich morgen mit ihr einen Kaffee trinken wolle. Nach der Arbeit um siebzehn Uhr.

Und, Elias, Du wirst es kaum glauben, aber ich weiß, Du wirst Dich freuen mit mir, ich sagte ohne Zögern zu!

In mir ist eine tiefe Freude. Meinst Du, auch ich könnte mal eine Freundin haben?

Ich sehe, wie Du mir aufmunternd zunickst, mich auf die Stirn küssen würdest. Geliebter Elias, ohne Dich wäre ich nie so weit gekommen, wie ich jetzt bin. Du hast mein Leben in allen Bereichen so viel lebenswerter gemacht. Ich danke Dir. Und liebe Dich so tief.

Doch nun muss ich mich beeilen – um einen Kaffee mit einer Frau zu trinken, die vielleicht, wer weiß das schon, eine Freundin werden könnte.

Deine aufgeregt glückliche Isabella

„Ich habe einen vielleicht etwas seltsamen Wunsch."

„Ja?"

„Ich möchte einer Familie eine Reise schenken.

Ohne dass diese meinen Namen erfährt. Ist das möglich?"

„Das kommt ein wenig darauf an."

„Auf was?"

„Auf viele Dinge. Geht die Reise beispielsweise in ein visumpflichtiges Land, so können Visa nur persönlich beantragt werden und ausschließlich an die Heimatadresse verschickt werden."

„Oh."

„Schon das erste Problem?", fragte die Dame hinter dem Schreibtisch des Reisebüros nach.

Elias nickte.

„Wie wäre es, Sie erzählen mir erst einmal, was Sie genau wollen. Und dann sehen wir, was wir wie lösen können."

„Ich möchte einer vierköpfigen Familie eine Reise schenken. Flug und Hotel. Und für die eine Tochter eine Delfintherapie. Sie ist ein Kind mit Down-Syndrom."

„Und wo?"

„In Amerika, dachte ich. San Diego? San Francisco?"

„Und die Familie darf nichts davon wissen, dass Sie ihr die Reise schenken wollen?"

„Nein."

„Darf ich fragen, warum nicht?"

„Das ist eine komplizierte Geschichte."

„Also, ich hätte ein paar Ideen. Und ich mache gerne vieles möglich. Aber wenn ich nicht verstehe, um was es geht, wird es schwierig."

„Gut." Elias atmete durch. „Ich habe eine Liste gemacht. Von Menschen, denen ich gerne helfen würde. Soweit ich das eben kann. Und ganz oben steht diese Familie mit ihrem Mädchen, dem ich gerne etwas schenken möchte."

„Einfach so."

Elias zuckte mit den Schultern.

Die Frau legte sich zurück in ihren Stuhl und verschloss die Arme vor der Brust: „Ich bewundere Sie!"

„Nein. Dazu gibt es absolut keinen Grund." Elias sagte es leise und traurig.

„Aber ja. Das ist das Wundervollste, das ich je gehört habe! Einfach so!"

„Nein, nein." Elias wehrte ab. „So ist es nicht. Ich habe Schuld an etwas. Etwas, das ich nicht wiedergutmachen kann. Und deswegen denke ich, das Einzige, was ich tun kann, ist ab jetzt Verantwortung für andere Menschen zu übernehmen. Soweit mir das eben möglich ist."

Die Frau saß immer noch mit verschränkten Armen zurückgelehnt in ihrem Stuhl. „Dann erhalten Sie noch mehr Hochachtung von mir! Jemand, der Schuld zugesteht und Verantwortung auf sich nimmt, das gibt es doch gar nicht mehr."

Sie beugte sich vor, holte ein Papier heraus, nahm einen Stift und sagte: „Sie erzählen mir alles, was Sie sich bei der Reise vorstellen. Und dann werden wir sehen. Das ist nicht einfach. Einen Flug buchen. Haben Sie die Namen und Geburtsdaten von allen?"

Elias schüttelte den Kopf.

„Oh je, oh je, wie soll das denn alles gehen? Egal. Sie sagen mir alles, und ich werde nachdenken, wie wir es möglich machen. In Ordnung?"

Peter Drömer

„Peter Drömer."

Es war ihm also tatsächlich gelungen, Peters Telefonnummer in San Francisco ausfindig zu machen. „Elias Brand. Hallo!"

„Ja?"

„Ich bin Elias Brand."

„Ja?"

„Wir haben zusammen studiert. Wir haben eine Gruppenarbeit im Seminar Geschichte gemacht."

„Ja?"

„Es ging um die Französische Revolution."

„Ja und?"

„Du hast keine Erinnerung an mich?"

„Also, ehrlich gesagt, nein."

„Gut, macht ja nichts. Ich wollte dich nur fragen, wie es dir geht."

„Du wolltest mich fragen, wie es mir geht?"

„Ja."

„Hör zu, Typ, den ich nicht kenne. Du hast mich womöglich am schlechtesten Tag meines Lebens erwischt."

„Warum?"

„Weil ich gerade die Liebe meines Lebens verloren

habe. Und ich frage mich, ob ich auf die Golden Gate Bridge gehe ..."

„Peter. Lass das sein."

„Sagst du, Typ, den ich nicht kenne, mir. Ich habe eine Jacke an. Und nur abgehoben, weil ich dachte, sie ist es."

„Erzähl."

„Was?"

„Alles."

„Okay, Typ, den ich nicht kenne. Ich habe die Frau meines Lebens kennengelernt. Sie ist wunderschön. Sie ist unfassbar charmant. Aber vor allem, sie ist unglaublich klug. Weißt du, sie kommt in einen Raum hinein, und alle Blicke sind auf sie gerichtet. Aber sie merkt es nicht. Und was glaubst du, in wen sie sich verliebt hat?"

„In dich."

„Ja, dachte ich. Doch, glaube ich schon. Wir zwei, wir haben uns gesehen, und es war alles klar. Wir haben uns geschrieben, geflirtet, über alles Mögliche gestritten, und wir kamen uns immer näher. Als wir uns getroffen haben, flogen Funken. Es war der Moment meines Lebens."

„Das klingt wunderschön."

„Ja, das war es. Aber dann ..."

„Was?"

„Ich kenne dich gar nicht. Ich habe meine Jacke an und will losgehen. Warum soll ich dir das erzählen?"

„Warum nicht?"

„Wir haben uns getroffen. Jedes Mal war es wie der

Himmel auf Erden. Weißt du, wir konnten reden, wir konnten lachen, wir konnten miteinander schlafen. Nicht irgendwie. Sensationell."

„Hat sie das auch so gefühlt?"

„Ja, ich glaube schon, jedenfalls hat sie es gesagt. Doch, ja. Sie hat mich geliebt. Ich bin sicher."

„Aber?"

„Sie war verheiratet."

„Okay."

„Er war steinreich. Superspießig. Nur Highsociety, bitte. Sie nicht. Sie war wie ich ein Literaturfreak, liebte Bücher, kannte Philosophie, hörte Musik. Er war ein Idiot. Aber schon sehr nett zu ihr. Aufmerksam. Er hing an ihr. Und schenkte ihr finanziell den Himmel auf Erden. Ein Wohnsitz in den Hamptons, einer in Südafrika, einer auf Sylt. War schon ein cooles Leben."

„Aber kein glückliches?"

„Was ist schon ein glückliches? Wer von uns hat verdammt nochmal ein glückliches Leben?"

„Hm."

„Sie nicht. Das weiß ich sicher. Er nervte sie. Er beobachtete sie, rief sie jede Stunde an, bewachte sie. Ein Horror!"

„Warum ertrug sie das?"

„Vermutlich fühlte sie sich auch geliebt, geschätzt. Ich glaube, eigentlich war sie sehr labil. Und dieses rigorose Aufpassen tat ihr gut."

„So schlecht war er also nicht für sie?"

„Er war ein Idiot!"

Stille.

„Scheiße, du Typ. Aber wahrscheinlich brauchte sie so einen Idioten."

„Liebst du sie?"

Die Antwort dauerte keine Sekunde. „Ja."

„Das ist gut. Liebe braucht keine Erwiderung. Sie liebt. Und sie ist gut."

„Bist du irgend so ein Scheiß-Guru?"

„Nein." Elias lachte. „Nur ein Ex-Kommilitone, der manchmal ein bisschen sentimental ist."

„Du meinst, ich soll sie lieben, und ihr ihr Reichen-Leben gönnen?"

„Wäre eine Möglichkeit."

„Oder sie befreien aus all dem Luxus-Mist, der sie ja doch nicht glücklich macht?"

„Wäre auch eine Möglichkeit."

„Du bist ja echt ein Helfer."

„Sorry. Ich tue nur mein Bestes. Wahrscheinlich nicht gut genug."

„Naja, ich habe meine Jacke ausgezogen."

„Das finde ich gut."

„Wie heißt du?"

„Elias."

„Okay. Ich bin Peter."

„Ich kenne dich."

„Ich würde jetzt gerne ein Bier mit dir trinken."

„Weißt du was, du holst dir jetzt eins aus dem Kühlschrank, ich hol mir eins. Und wir stoßen an, von München nach San Francisco. Okay?"

„Okay."

Mein geliebter Elias,

ich weiß, ich sollte es Dir nicht schreiben.

Aber heute ist ein schwarzer, ein sehr schwarzer Tag. Ich möchte Dich nicht damit unglücklich machen, Du leidest doch immer so sehr mit mir. Aber heute muss ich mit Dir doch darüber sprechen. Schon heute Morgen konnte ich kaum aufstehen. Wie es eben ist, wenn die Schmerzen der Krankheit mich übermannen. Fibromyalgie. Wem auch immer ich erzähle, dass ich eine Krankheit habe, bei der teuflische Schmerzen am ganzen Körper mich teilweise kaum noch bewegen lassen, der glaubt doch eher an eine psychische Krankheit. Du standest mir von Anfang an bei, hast mich begleitet, bis wir die Diagnose hatten, die schrecklich und doch auch eine Erlösung war, weil meine Schmerzen zumindest nicht eingebildet waren, sondern einen Namen hatten.

Ich schleppte mich durch den Tag. Immerhin ging ich zwei Stunden am Abend mit Momo durch den Wald. Wie immer, er richtet mich auf, er rettet mich, seine feuchte Schnauze stupst gegen meine Hand, er bringt mich zum Lächeln und seine Lebensfreude bringt mir auch welche. Doch jetzt am Abend ist es kaum auszuhalten für mich. Ich fühle mich entsetzlich einsam. Nein, ich will nicht, dass Du Deine geliebte Arbeit für mich aufgibst, aber manchmal bricht es mir das Herz, Dich so lange nicht sehen zu können. Ich vermisse Dich, geistig, unsere

Gespräche, ich vermisse Dich mit jedem Herzschlag, ich vermisse Dich so, dass mein ganzer Körper schmerzt.

Dann schnürt es mir die Kehle zu, die Schmerzen legen sich über mich, drücken mich zu Boden, lassen mich hinlegen und wünschen, ich müsste nie wieder aufstehen. Alles erscheint mir nur noch anstrengend, ermüdend, sinnlos. Mach Dir keine Schuldgefühle, es liegt in mir, das weißt Du ja. Aber in Stunden wie diesen habe ich das Gefühl, es nicht mehr zu schaffen, auch nicht mehr zu wollen.

Wer weiß, vielleicht schicke ich diesen Brief an Dich gar nicht ab. Ich will Dich nicht beunruhigen, aber ich muss es niederschreiben, als ob ich damit ein klein wenig die drückende Last von mir werfen könnte.

Aufstehen werde ich heute nicht mehr können. Aber ich werde versuchen, an Dich zu denken. An Dich und Göbekli Tepe, an den Wunschbaum, an dem wir saßen und wieder sitzen werden. Meine Wünsche werden in Erfüllung gehen, und ich werde Dich küssen. Mit diesen Gedanken werde ich einschlafen und hoffentlich morgen früh wieder aufstehen.

Deine
Isabella

Er haderte schon eine Stunde mit sich. Diesmal wollte er es doch richtig machen. Aber wenn es wieder falsch war? Wenn er wieder einmal falsch handeln würde? War das alles nur ein kläglicher Versuch sich besser zu fühlen? Elias stützte seinen Kopf auf die Hände, als Anne ins Zimmer kam.

„Papa?“, fragte sie vorsichtig, obwohl er schnell seinen Kopf gehoben hatte und zu lächeln versuchte. „Geht es dir gut?“, hakte sie nach.

„Ja. Was gibt es denn, mein Schatz?“

„Ich wollte nur sagen, dass ich noch einmal zu einer Freundin gehe.“

„Ja, gut“, sagte Elias.

Sie wandte sich zur Tür, zögerte dann und drehte sich wieder zu ihm um. „Papa, es geht dir nicht gut. Was ist denn los?“

„Anne, du bist doch nicht mein Sorgenablageplatz. Es geht mir gut. Geh zu deiner Freundin. Ich habe alles im Griff.“ Er merkte selbst, dass dies keineswegs überzeugend klang.

Sie setzte sich einfach auf den Stuhl gegenüber seinem Schreibtisch und sagte: „Also?“

„Ach je, du.“ Elias seufzte und sah seine Tochter an. „Also, ich habe einen Bekannten, von dem ich denke, dass er ein größeres Problem hat, als er vor sich selbst zugeben möchte. Und ich frage mich, ob ich ihm das sagen soll. Nicht weil ich glaube, dass man sich nicht ein wenig selbst anlügen darf.“ Er lächelte. „Weil ich glaube, dass es ihm helfen könnte. Aber ich bin nicht sicher."

„Ach, Papa", Anne schüttelte unwirsch den Kopf. „Männer sind immer so kompliziert."

Leise lächelte Elias in sich hinein, er sah Sabrina in ihr.

„Aha. Frauen würden das natürlich sofort lösen können."

„Klar", sagte Anne bestimmt. „Das Zauberwort heißt ‚miteinander sprechen'!" Ihr Ton klang bewusst altklug, aber sie grinste.

„Aha", antwortete Elias nur.

„Man trifft nicht jemanden. Wirft ihm alles an den Kopf. Fakten eben. Und dann geht man wieder." Sie beugte sich vor. „Man kommt langsam ins Gespräch. Spricht etwas vorsichtig an. Man fragt dabei den anderen, was er dazu denkt."

„Aha", wiederhole Elias nachdenklich.

„Und dann spürt man, ob man weitergehen kann oder nicht."

Elias lehnte sich zurück. „So einfach ist das also?"

Anne stand auf, warf die Hände in die Luft und sagte: „So einfach ist das, Papa." Sie gab ihm einen Kuss auf die Wange und verschwand aus der Tür.

„Und hab viel Spaß mit deiner Freundin", rief er ihr noch hinterher.

Erst als die Haustür sich schloss, fiel ihm ein, dass er gar nicht gefragt hatte, welche Freundin sie denn so spät, um sechs Uhr abends besuche.

Dann nahm er sein Handy zur Hand. Er hatte Angst,

das ‚Miteinander sprechen‘ eben doch nicht so gut wie Frauen hinzubekommen. Aber er wollte nicht kneifen. Er holte tief Luft und wählte Pauls Nummer.

Es klingelte nur kurz. „Margarete Pra“, meldete sich eine Frauenstimme.

„Elias Brand. Dürfte ich Ihren Mann sprechen?“

„Meinen Vater meinen Sie wohl. Ja, Moment.“

„Ja?“

„Ich bins, Elias.“

„Hi!“

„Mir ist unser Gespräch noch durch den Kopf gegangen.“

Nur zwei Stunden später saßen sie im Bräuhaus am Kapuzinerplatz. Das alte Haus mit seinen hohen Gewölben fing sie in seinem typisch bayerischen Flair ein. Paul lebte hier in Lehel gleich um die Ecke.

„Ich habe keine Ahnung, ob ich jetzt Unsinn rede. Ob du sauer wirst. Aber ich meine es wirklich nur gut.“ Elias spürte, dass er schwitzte. Ob das wie ein guter ‚Frauen-Anfang‘ war?

„Hm, vielleicht seltsam, aber ich weiß, dass du es auf jeden Fall gut mit mir meinst. Also leg los.“

„Ich habe lange über dich nachgedacht. Ich bin kein Psychologe, aber ich ...“ Wieder stockte Elias. „Meine Cousine war Autistin. Sie lebte mit ihrer Mutter in der Wohnung neben uns. Wenn ihre Mutter arbeitete, war sie tagsüber oft bei uns. Die meisten merkten es ihr nicht an. Aber es gab Eigenheiten. Wir lernten damit zurechtzukommen. Als aber ihr Freund ihr einen Heiratsantrag machte, rannte sie weinend fort. Sie schloss sich zuhause in ihr Zimmer ein und ließ sich verleugnen. Er kam jeden Tag vorbei. Als er wieder kam, ließ ich ihn herein, wie immer war ihre Tür verschlossen. Nun, ich war sechzehn, vielleicht war es nicht besonders einfühlsam, aber ich hatte die Nase voll und schrie gegen die verschlossene Tür: ‚Erzähl ihm doch endlich, dass du eine Autistin bist.'"

Die Kellnerin brachte die bestellten, hier selbstgebrauten Weißbiere und stellte sie auf die Bierdeckel auf den hölzernen Tisch. Sie prosteten sich zu. „Erzähl weiter", forderte Paul Elias auf.

War es das, was Anne gemeint hatte, dass man auf eine solche Erwiderung warten solle, bis man weitersprechen konnte? Er fühlte sich unsicher.

„Seit Kindheit an war sie in Behandlung. Früher konnte sie nicht einmal auf Pflastersteinen gehen, weil sie nicht in der Lage war, auf den Fugen zu laufen. Geblieben waren kleine Eigenheiten. Sie musste sich sehr oft die Hände waschen, hatte ein unüberwindbares Problem bei mangelnder Hygiene. Reisen waren für sie Anstrengung pur. Manchmal mochte sie körperliche Nähe, ein in den Arm nehmen, sehr, manchmal konnte sie keine Nähe ertragen. Dies erklärte sie dann wohl oder übel ihrem Freund."

„Verließ er sie?", fragte Paul.

„Nein. All dies war nie ein Problem für ihn. Er hatte ihre kleinen Eigenheiten, ihre Besonderheiten schon vorher bemerkt, sie aber weder ganz ernst genommen noch für wichtig gehalten. Nun aber, als er es wusste, konnte er noch besser damit umgehen, es akzeptieren. Es war kein Problem, sie sind immer noch verheiratet."

„Puh", war das Einzige, was Paul herausbrachte. Er fuhr mit der Hand durch die Luft, als ob ihn dies alles verwirrte.

„Ich weiß nicht, ob es falsch ist, wenn ich dir das Folgende sage." Elias spürte, dass er mittlerweile noch mehr schwitzte. Er hatte eine Unterhaltung in dieser Art noch nie geführt. Er war absolut verunsichert. Ja, selbst Anne hätte das vermutlich besser gekonnt.

„Elias, du warst so nett und aufmerksam zu mir wie seit langem keiner. Du redest jetzt einfach, ohne Vorreden. Und ich höre zu. ... Und schlag dir eventuell nachher eine rein."

Elias lachte. Das klang dann eher nach Männergespräch, hier fühlte er sich auf sichererem Terrain. „Also, lieber Paul, deine Verhaltensweisen sind, das halte ich jedenfalls für möglich, leicht autistische Verhaltensweisen. – Das sollte dich in keiner Weise erschrecken. Man spricht nicht mehr von Autisten, sondern vom autistischen Spektrum. Das reicht von jemandem mit winzigen Zügen, die weder ihm noch anderen als relevant auffallen, bis zum „Rainman", den es in Wirklichkeit nahezu nie gibt."

„Zu essen?", fragte die Bedienung im Vorbeigehen knapp nach. Die beiden schüttelten den Kopf. Es war kein Thema, um es neben einem Schweinebraten abzuhandeln. Aber die alten ehrwürdigen Brauhaus-

Hallen gaben eine heimische Sicherheit bei diesem für Paul gänzlich ungewohnten Thema.

„Ich habe viel darüber gelesen. Autistisch orientierte Menschen sind immer besondere Menschen, mit besonderen Fähigkeiten: Einstein, Gates, und viele andere."

„Nicht so wie der da." Paul zeigte grinsend auf einen an ihrem Tisch schwankenden Mann.

Elias lachte zurück und nahm einen Schluck von dem Bier mit dem intensiven Hefegeschmack. „Ich glaube, du hast Autismus-ähnliche Verhaltensweisen in manchen Bereichen. Autisten tun sich schwer mit alltäglichen Entscheidungen. Weil sie viel mehr sehen und wahrnehmen als andere. Was dem Durchschnittsmenschen egal sein kann, ist es dem autistischen nicht, weil er viel mehr erkennt. Dann kann man entweder an den vielen alltäglichen Entscheidungen verzweifeln, oder sich lieber in sich oder eine Tätigkeit – sei es das Drehen an einem Rad – zurückziehen oder man entwickelt Bewältigungsstrategien, die für jemanden, der mehr wahrnimmt als die anderen, klug sind – deine Auswahl der Hemden."

Eine Stille herrschte, in der Elias zweifelnd Paul ansah, der jedoch nur mit zusammengekniffenen Augen zurückstarrte. Vermutlich war es völlig daneben gewesen. Nun hatte er einen Freund vor den Kopf gestoßen. Wieder einmal.

„Bist du jetzt sauer?"

„Red weiter."

War das der Moment, wo er aufhören sollte? Wollte

Paul wirklich, dass er weiterredete? Okay, er musste da jetzt durch.

„Ich weiß jedenfalls, dass Menschen mit autistischen Verhaltensweisen, seien es nur eine winzige oder mehrere, immer besondere Menschen sind, klüger und aufnahmefähiger als andere.

Manchmal auch verquer, weil sie ja nicht ganz so banal ticken wie die anderen. Besondere Menschen, meist sehr kluge Menschen."

„Weiter", forderte Paul Elias auf, als er nicht weitersprach.

„Nichts weiter. Das war es." Unsicher hob Elias die Schultern ein wenig hoch.

Paul drehte sich um und winkte der Bedienung im Dirndl zu. „Jetzt wollen wir etwas zu essen bestellen."

Dann wandte er sich zu Elias. „Ich glaube, das muss ich jetzt erstmal verdauen."

„Wann stellst du mich nun deinen Kindern vor?"

Elias hatte sich noch keinen genauen Zeitpunkt dafür überlegt. „Nächste Woche?"

„Wann genau?"

„Mittwoch?"

„Gut. Wir treffen uns in einem Restaurant", bestimmte Julienne. „Nicht bei euch zuhause. Sie sollen gleich wissen, dass nicht ich zu ihnen kommen werde, sondern sie zu mir."

Elias nickte, als ob sie ihn am Telefon sähe.

„Im Tambosi", entschied sie.

„Wäre nicht ein kleiner Italiener gemütlicher? Wir gehen zum Beispiel gerne in die Hohenzollernstraße ...“

„Nein“, unterbrach sie ihn. „Deine Kinder können sich darauf einstellen, wo ich gerne hingehe.“

Wieder nickte er. Eher als ob er sich selbst zunickte. Für eine feste Partnerschaft musste man den Partner in seinen Eigenheiten stehen lassen. So war es richtig.

„Ja, im Tambosi. Am Mittwoch um neunzehn Uhr.“

„Zwanzig Uhr“, korrigierte sie.

„Oh, dann wird es aber etwas spät für Leo. Er muss am nächsten Morgen in die Schule.“

„Zwanzig Uhr“, wiederholte sie.

„Ja“, sagte er.

„Herr Brand“, die Dame am Telefon hatte sich nicht vorgestellt, gab ihm jedoch auch keine Redepause, um nachzufragen. „Ich habe eine Lösung.“

Gerade wollte er erklären, dass er weder Versicherungen noch neue Fenster noch sonst etwas brauchte, als sie fortfuhr: „Wir schreiben diese Familie an und sagen, sie hätte eine Reise gewonnen. Ich behaupte einfach, sie hätte bei einem Gewinnspiel mitgemacht und sei der glückliche Sieger einer Amerikareise mit Delfinschwimmen. Die werden sich nur denken, dass sie sich an das Ausfüllen des Gewinnspiels nicht mehr erinnern können. Aber sie werden sich freuen.“

Es war die Dame vom Reisebüro.

„Das ist eine wirklich gute Idee!“

„Ganz korrekt ist das alles nicht, weil ich ja Ihre

Zahlungen annehmen muss und die Reise dann für die Familie buche, aber ich kriege das schon hin, ein wenig drehen muss ich, denn mein Chef würde das wohl nicht mögen. Aber kein Problem!"

„Sie sind ein Engel!"

„Ich fühle mich jetzt auch fast schon so."

Sie lachte herzerfrischend. Ein schönes Lachen, fand Elias.

„Und ich bekomme auch ein Sonderangebot hin. Wir haben exklusive Reisen für Mitarbeiter des Reisebüros, die vermittle ich Ihnen, das wird gar nicht so teuer."

„Sie sind ein Engel!"

„Das hatten Sie schon gesagt."

„Papa, du siehst müde aus." Anne war wohl in die Küche gekommen, als er seine Arme auf die Küchentheke stützte und den Kopf in den Händen verbarg. Ja, er war müde. Die Arbeit. Heute noch sollte er den Artikel über die neuesten Röntgen- und Ultraschall-Analysen der Londoner prähistorischen Funde fertigstellen. Vor einigen Jahren hatte man beim Bau der Bahnlinie an der Liverpool Street Dutzende von steinzeitlichen Klingen gefunden. Seine Analysen ergaben neue Erkenntnisse dazu. Heute musste er den Artikel für die nächste Ausgabe des National Geographic fertigschreiben, damit man dann auch die restliche Presse darüber informieren konnte. Das hieß wieder Nachtarbeit.

Die Gedanken um seine Schuld an Isabellas Tod. Die Kinder, für die er schon wieder viel zu wenig Zeit hatte. Ja, er war müde.

„Es geht schon, Anne", er richtete sich auf. „Ich brauche jetzt einfach genauso dringend wie ihr eine riesige Portion Spaghetti!"

Anne sah ihn zweifelnd an, dann reichte sie ihm ein paar Briefe: „Die Post von heute. Da ist ein blauer Brief dabei. Von einer Frau!" Sie sah ihn mit hochgezogenen Augenbrauen an. Tatsächlich war es ein himmelblauer Umschlag. Er sah auf den Absender: Elisabeth Eden. Verwundert öffnete er den Umschlag, zog einen ebenfalls auf blauem Papier geschriebenen Brief hervor und begann zu lesen.

Hör zu, Elias, du Widerling, du Großkotz, du Frauenkaputtmacher, du Fiesling. Ich habe keine Ahnung, was mit dir passiert ist. Und erzähl mir jetzt bloß nicht, du weißt nichts von San Diego und Delfintherapie.

Also, das, was du uns ermöglicht hast, es war der wunderschönste Tag im Leben meiner Tochter. Sie hat dir dort ein Bild gemalt, ich habe es anbei gelegt. Das blaue ist der Delfin, das helle sie und der Delfin gibt ihr ein Küsschen. Und der Engel da oben im Bild, von dem glaubt sie, dass er ihr das alles geschenkt hat.

Dieser Engel bist wohl du.

Anne hatte einfach mitgelesen. Sie legte ihrem Vater die Arme um den Hals: „Papa, du machst das alles richtig. Ich bin stolz auf dich!“

Elias faltete den Brief sorgsam wieder zusammen und bewahrte ihn in seiner Schreibtischschublade auf.

Marion

„Marion Zehnder.“

„Elias Brand hier.“

Am Ende der Leitung herrschte Stille.

„Ich weiß nicht, ob du mich noch kennst. Wir waren Schulfreunde und –“ Weiter kam er nicht, denn eine spitze Stimme unterbrach ihn.

„Elias Brand. Wir waren keine Schulfreunde. Du warst mein Freund.“

„Ja. Du erinnerst dich also noch an mich.“

„Und wie!“ Es kam zischend heraus.

„Also, ich“, er wusste nicht, wie er weitermachen sollte, die Abwehr, die ihm entgegenschlug, war selbst durch das Telefon zu spüren. „Ich wollte dich fragen, wie es dir geht.“

„Sag mal, hast du sie noch alle? Wie kannst du es wagen, mich anzurufen!“

„Du bist also noch sauer auf mich“, stellte er leise fest. Und dabei hätte er nicht einmal an Marion gedacht, wenn Elisabeth sie nicht erwähnt hätte. Wie oft hatte er in seinem Leben wohl Menschen wehgetan, ohne auch nur einmal später darüber nachzudenken.

„Hör zu, vielleicht doch gut, dass du anrufst. Du bist einer der widerlichsten und gemeinsten Menschen, denen ich je begegnet bin. Ich habe dir vertraut und du hast dieses Vertrauen und meine Gefühle missbraucht. Diese Lehre habe ich nie in meinem Leben vergessen. Und es ist vielleicht gut, dass ich es dir einmal noch direkt sagen kann. Du bist ein widerlicher Mensch.“

„Ich weiß.“ Er fühlte sich grauenhaft. Was gab es dazu zu sagen? „Es tut mir leid.“

„Das wage ich zu bezweifeln. Ich weiß, dass du meine Nummer von Elisabeth hast, sie hat es mir erzählt, weil sie im Nachhinein bezweifelt hat, dass es eine gute Idee war, sie dir zu geben. Du hättest dich ansonsten nicht mal an mich erinnert.“

Auch dazu konnte er nichts sagen. Es war die Wahrheit.

„Und sie hat mir von deinem neuen Samaritertum erzählt. Komm damit nicht bei mir an. Wer in seiner Seele so war, so gänzlich ohne Gefühle anderen Menschen gegenüber. So ohne Mitleid und ohne Scham. Der ändert sich nicht.“

Er wusste nicht mehr, was er darauf hätte sagen können, aber sie fuhr bereits fort. „Elias, ich werde dich nicht frei von Schuld sprechen. Und ich wünsche dir, dass es auch kein anderer tut, dem du wehgetan hast. Ruf mich nie wieder an. Nie wieder!“

Sie legte auf.

Elias stand auf der Eisbachbrücke vor dem Englischen Garten. Sein geliebter Park. Surfer waren um diese Uhrzeit nicht mehr da, obwohl die Eisbachwelle sie auch im Winter anzog. Er ging in den Park hinein. Die Weiden wölbten sich über ihn und ließen nur noch wenig Licht vom Nachthimmel durch. Schwer hingen sie über den Isar-Läufen des Parks und schienen mit ihm zu trauern.

In der Nacht war der Englische Garten nicht idyllisch. Auf einer Parkbank lungerten zwei Gestalten herum, die Wodka-Flasche dazwischen. Einer hatte sich auf die Bank gelegt und schlief, Zeitungspapier unter sich. Der andere hatte einen Einkaufswagen bei sich. Übervoll. Decken darin. Vermutlich ein paar Kleidungsstücke. Essen vielleicht. Was hatte man wohl bei sich, wenn der einzige Besitz ein voller Einkaufswagen war? Ein Polizist überholte Elias mit schnellen Schritten. Er sah von den zwei Gestalten fort. Elias sah seinen Blick. Mitleid darin. Nein, keine Ausweiskontrolle, kein Hinweis, dass Übernachtungen auf der Parkbank verboten waren. Kein Aufwecken, kein Fortschicken. Auch Polizisten sind menschlich.

Elias war gerade an den beiden vorbeigegangen, als ihm ein Ehepaar entgegenkam. Er hörte die Frau zischeln: „Aber für Schnaps haben sie genug Geld."

Er blieb stehen. Du meine Güte, er glaubte sich zu erinnern, so eine Bemerkung auch mal zu Sabrina gemacht zu haben, als sie an einem Bettler vorbeiliefen, der auf der Straße saß und drei Bierflaschen vor sich stehen hatte.

Und das, wo der Alkohol vielleicht das einzige war, das diesen Menschen das Leben überhaupt erträglich machte.

Er zog seinen Geldbeutel heraus, nahm zwanzig Euro, ging zurück und gab sie dem wachen Mann. „Danke", hörte er ihn sagen. Elias nickte ihm zu und ging weiter.

Dann kam es. Eine unfassbare Wut auf sich selbst. Du edler Samariter. Du glaubst, dich mit zwanzig Euro freikaufen zu können. Du bist der letzte Dreck. Das allerletzte. Mit der Faust schlug er auf einen Baum so fest er konnte. Nochmal und nochmal. Der Schmerz war nicht groß genug. Auch damit kannst du nichts mehr ausrichten, du mieser Kerl. Ekel vor sich selbst überschwemmte ihn.

Und dann die Schuld. Schuld so groß wie ein Meer.

Er wusste, was Tod bedeutet. Sabrina war tot. Nicht mehr da sein, für eine Endgültigkeit, die für jene, die übrig blieben, nicht zu fassen war. Ein Loch blieb, das nie verschwand. Ein Leben, das voller Erlebnisse und Lachen und Glück hätte sein können, war nicht mehr, nicht da, für immer und ewig. Sabrinas Tod war ein Geschehen, das er verflucht hatte, gehadert hatte er mit dem Schicksal.

Über die Wiese hinweg sah er den Monopteros als dunklen Koloss auf seinem kleinen Hügel stehen. Kein weißer Tempel, eher ein Mahnmal.

Er war an Isabellas Tod, an ihrem endgültigen Verschwinden schuld. Schuld, dass sie nie mehr würde lachen können. Schuld, dass sie nicht doch noch den richtigen Mann im Leben hätte treffen können. Schuld, dass sie ein verkümmertes, rein fiktives Leben mit ihm führte. Schuld, so groß wie das Meer.

Er ließ sich auf die Knie fallen und weinte. Nein, wie lächerlich all seine Versuche waren. Diese Schuld war nicht abzutragen. Nie mehr. Sie würde auf ihm lasten, sein Leben lang. Er hatte kein Recht, selbst jemals glücklich zu werden. Er hatte sein Recht auf Leben verwirkt. Er trug die Schuld an Isabellas Tod.

Mein geliebter Elias,

die Sonne geht warm auf und obwohl noch Reste von Schnee liegen, drängt der Frühling sich unaufhaltsam vorwärts. Mit einer Jacke saß ich heute bereits draußen und trank einen Kaffee.

Ich sehe immer auf den Wetterbericht. Bei Dir in New York ist es weitaus kühler und es regnet. Diesmal habe ich das bessere Wetter erwischt.

Gerade habe ich im Fernsehen eine Reportage über den Nahen Osten gesehen. Eigentlich habe ich nur herumgezappt, bin dann aber natürlich dabei hängengeblieben.

Durch Deine lange Arbeit im Nahen Osten weiß ich viele Details. Aber der Bericht hat, sehr in deinem Sinne, differenziert die politische Situation, die Stärke, die Gewaltbereitschaft und die historischen

Hintergründe betrachtet. Ich weiß, dass Du Dich sehr darüber gefreut hättest, weil Dir die Politik Israels wichtig ist.

Ich küsse Dich sehnsüchtig in Gedanken.

Deine Isabella

Spaghetti. Immerhin mit Pesto und nicht mit Bolognese. Mindestens zweimal jede Woche gab es Spaghetti. Die Kinder mochten es, und es war schnell gemacht. Gedankenverloren rührte er im Topf. Bei Sabrina hatte es nie fertige Soßen aus dem Glas gegeben. Aber er hatte keine Ahnung, wie man ein Pesto selbst macht, ein großer Koch war er immer noch nicht geworden. Aber immerhin, er bemühte sich doch, jeden Tag einmal warmes Essen für die Kinder zu kochen. Er seufzte. Er fühlte sich nie gut genug. Nicht für die Kinder, nicht für die Arbeit. Nicht gut genug für andere Menschen.

„Kinder, kommt nörgeln, das Essen ist fertig!" Leo kam nur Sekunden später herein. Ob es der Hunger war, der ihn hertrieb, oder die Hausaufgaben, die ihn forttrieben, war zwar unklar, aber er saß sofort am Tisch und griff zum Besteck.

„Wie wäre es damit, wenn du die Nudeln auf den Tisch stellst?", fragte Elias auffordernd.

Missmutig stand er auf und tat es. Nun spazierte

Anne mit kritischem Blick herein. „Wenn wir wohl nörgeln werden, dann sind es vermutlich Eier mit Speck.“ Ein Blick in den Topf ließ sie lächelnd zu Elias aufsehen. „Das sind ja Spaghetti mit Pesto. Das ist doch gut, Papa.“

Elias strich ihr erleichtert über den Kopf. Sie unterstützte ihn einfach immer.

Als sie alle am Tisch saßen, fragte Elias nach den Hausaufgaben. „Alles fertig?“

„Ich muss noch etwa eine Stunde arbeiten, aber alles okay“, erklärte Anne.

„Ich verstehe gar nichts in Mathe“, brummelte Leo, hörte dabei aber nicht auf, seine Spaghetti zu essen.

Elias wusste genau, dass das bedeutete, dass er heute Abend den Artikel für die Zeitung nicht zu Ende schreiben konnte. Wenn Leo schon zugab, dass es nicht gut lief, glich es einer Katastrophe. Und Mathematik war auch nicht gerade sein Lieblingsfach. Morgen war Artikel-Abgabe um elf Uhr vormittags. Also entweder eine Nachtschicht oder morgen sehr früh aufstehen.

„Okay, dann machen wir das gleich zusammen.“ Er spürte selbst, dass es bemüht freundlich klang.

Zwei Stunden später hatten alle nur gearbeitet. Anne war fertig. Leo hatte zumindest ansatzweise das Erweitern und Kürzen von Brüchen verstanden. Alle drei waren erschöpft. „Auf ins Bett“, forderte Elias Leo auf. Anne verschwand in ihr Zimmer. Vermutlich würde sie noch lesen. Elias ging in die Küche und räumte das Geschirr in die Spülmaschine, auch den

Topf und die Pfanne, er hatte kein bisschen Lust, jetzt auch noch irgendetwas mit der Hand abzuwaschen. Dann setzte er sich erschöpft an den Tisch. Nein, er würde jetzt auch keinen intelligenten Satz mehr zusammenbringen. Lieber morgen sehr früh aufstehen.

Nachdem er Leo ins Bett gebracht hatte, las er noch ein wenig in der Zeitung. Als es auch für Anne Zeit zum Schlafen war, klopfte er an ihre Zimmertür, aber erhielt keine Antwort. Leise öffnete er die Tür. Das Licht war noch an, aber Anne schlief, ein Buch neben sich, noch in der Hand. Leise ging Elias ins Zimmer, nahm das Buch und legte es auf den Schreibtisch. Dann sah er sich noch kurz seine mit ruhigen Atemzügen schlafende Tochter an und schloss leise die Tür.

Elias sah auf sein Handy, es hatte ‚pling' gemacht, eine Nachricht war eingetroffen, eine Antwort auf seine Frage an Paul.

„Warum sollte ich dir böse sein? Dankbar bin ich dir. Du bist der erste Mensch, der es schafft, mir etwas Selbstbewusstsein beizubringen. Das Anderssein nicht als minderwertig zu betrachten, sondern als überlegen. Das hilft mir. Wenn du Therapiestunden geben würdest, ich würde dich sofort buchen."

„Tu ich nicht", tippte Elias ein.

„Du willst also keine Kohle pro Stunde Beratungsgespräch?" Drei vor Lachen weinende Smileys folgten der Bemerkung, so dass Elias annehmen durfte, es sei nicht böse gemeint.

Bevor er noch antworten konnte, erschienen die wackelnden Pünktchen, die ihm zeigten, dass Paul weiterschrieb.

„Warum kümmerst du dich eigentlich um mich?" – Kein Smiley.

Beim nächsten Treffen beantwortete Elias seine Frage: „Weil ich dich kennengelernt habe, du zu meinem Leben gehörst, und man sich um Menschen, die einen auf seinem Lebensweg begegnen, kümmern sollte."

„Das klingt Gandhi-mäßig."

„Ist mir egal."

Völlig unvermittelt sagte Paul: „Ich glaube, es ist vererbbar."

„Wie kommst du darauf?"

„Ich sehe meinen Vater als Vorbild."

„Okay."

„Und meine Tochter als Nachfolgerin, leider."

„Oh."

„Ich denke, das Tolle an deiner Diagnose war, dass ich zum ersten Mal selbst verstanden habe, warum die Dinge sind, wie sie sind. Dass mich deine Diagnose glücklich gemacht hat." Paul dachte nach. „Weißt du, wenn mir das alles früher jemand so erklärt hätte, dann wäre ich vielleicht nie zu ‚Halts-Maul-Paul' geworden, weil ich verstanden hätte, dass die anderen all diese Sachen nicht sehen, und sie für sie auch nicht wichtig sind. Vielleicht hätte ich dann schweigen können, weil ich gewusst hätte, dass es nur für mich eine Relevanz hat. Aber dass dies für mich eben auch okay so ist."

Elias hätte sich gewünscht, er hätte dies alles früher verstanden und Paul erklären können. Und er wünschte sich, dass er niemals zu ihm ‚Halts-Maul-Paul' gesagt hätte. Und die anderen davon abgehalten hätte. Aber nichts davon hatte er gekonnt, nichts davon getan. „Ich kann keine ‚Diagnose' stellen, ich bin kein Arzt, kein Psychologe, kein Psychiater! Ich denke nur. Aber eines weiß ich sicher, dass Eigenheiten, die Klarheiten und Regeln schaffen, oft jene Menschen suchen, in deren Kopf viel mehr herumwirbelt als bei anderen."

„Nochmal ganz deutlich: Elias, du hast mir mit deiner ‚Diagnose' einen Riesengefallen getan. Wenn dir wieder mal was auffällt, halte dich bitte nicht zurück, sondern sag, was du denkst. Unbedingt. Deine Meinung ist mir wichtig. Ich betrachte meine Eigenheiten jetzt viel selbstbewusster als vorher. Und gegenüber meiner Tochter werde ich zukünftig mehr Verständnis haben. Also nur Positives hast du bewirkt."

Stille.

„Mir geht es wirklich gut."

Elias sagte nichts dazu. Auch das hatte er mittlerweile gelernt. Man musste nicht immer nachfragen und nachbohren, nur mal leise sein und Aufmerksamkeit zollen, dann kamen die tiefen Themen von ganz allein.

„Meine Tochter macht mir manchmal Sorgen. Aber nichts Ernsthaftes."

„Inwiefern?“

„Meine Tochter hat wieder Angstzustände. Diese führen bei ihr zu Herzrasen und kribbelnden Gliedmaßen. Was dann zusätzliche Angst bei ihr auslöst. Das hat uns heute sehr beschäftigt.“

„Ja?“

„Mir ist nur durch deine Beschreibungen bewusst geworden, wie dramatisch sich alles entwickeln kann. Und da denke ich nicht an mich. Denn mich habe ich im Griff. Sorgen macht mir meine Tochter.“

„Erzähl.“

„Unser Sonntag war im Eimer. Margarete hatte Herzrasen und kribbelnde Gliedmaßen. Und natürlich Angst. Da war es um meine Ruhe geschehen. Den ganzen Tag habe ich sie beschäftigt und sie abgelenkt, aber abends wurde es schlimmer und so fuhren wir zur Notfallpraxis.“

„Und dann?“

„Ich denke, der Arzt hat sich Ähnliches gedacht wie du. Er ist auf die körperlichen Symptome gar nicht richtig eingegangen. Sondern hat ihr empfohlen, Sport zu machen. Oder Yoga. Vermutlich, um sie ruhiger werden zu lassen. Oder zu sich zu kommen. Aber ob Yoga wirklich helfen kann?“

Julienne saß vor Austern. Leo vor einer Pizza. Anne sagte, sie hätte keinen Hunger. Auch Leo knabberte etwas lustlos an den Pizzastücken herum.

„Du kannst sie auch mit Messer und Gabel essen“,

erklärte ihm Julienne in einem versucht liebevollen Ton.

Leo sah auf und legte seine Stirn in Falten. Ihm war klar, dass dies kein Vorschlag, sondern eine Aufforderung war. Er nahm das Besteck und säbelte wild auf der Pizza herum.

„Magst du nicht wenigstens ein wenig von meiner Pasta essen?“, fragte Elias Anne. Er sah, wie Anne auf der Frage herumkaute, bevor sie zögernd antwortete: „Ja.“

Er packte ihr ein wenig auf seinen Unterteller und schob ihn ihr hin. Lustlos stocherte sie darin herum.

„Ja, also, Julienne moderiert eine Sendung im Regional TV“, erklärte er seinen Kindern.

Seine Tochter sah Julienne an. „Sehr interessant“, sagte Anne dann.

Den Abend verbrachte Julienne damit, von ihren Aufzeichnungen zu erzählen.

Später saß er an Annes Bett. Leo war eingeschlafen, bevor Elias ihm überhaupt Gute-Nacht sagen konnte. Er würde morgen Früh hundemüde sein.

Elias nahm ihre Hand. „Das war doch ein ganz netter Abend, oder?“

„Papa, wenn sie gut für dich ist, dann ist es richtig so.“

Er gab ihr einen Kuss auf die Wange.

Ja, die Kinder würden sich noch auf sie einstellen, und Julienne auf die Kinder, und es war gut so.

Mein geliebter Elias,

der Dom empfängt uns mit zerfluteter Dunkelheit, mit dem Geruch nach Weihrauch. Sofort erspüre ich das Heilige dieses Ortes und weiß, warum Du mir dies unbedingt zeigen wolltest, wir bis nach Köln fuhren.

Wir verweilen eine Zeitlang im Bereich hinter der großen Eingangstür und nehmen die Atmosphäre in uns auf. Eine heilige Stätte. Langsam gehst Du entlang des Seitengangs vor und bleibst dann am rechten Umgang um das Chorgestühl stehen. „Dies ist der Dreikönigsaltar des Malers Stephan Lochner. 15. Jahrhundert. Schon Dürer hat das Bild bewundert! Ein Triptychon. Man nennt es auch den Altar der Kölner Stadtpatrone. Die Stadträte hatten nämlich das Bild in Auftrag gegeben und fanden sich in den prächtig gekleideten Soldaten auf dem rechten Bild wieder.“

„Das ist so, als ob heute ein großer Industrieller eine moderne Skulptur für die Stadt in Auftrag gibt und sich selbst darin porträtieren lässt“, kommentiere ich, doch Du gehst gar nicht darauf ein.

„Das mittlere Bild kannst Du sicher selbst erkennen.“

„Jesus auf dem Schoß von Maria, und die drei Könige, die ihm ihre Ehrerweisung zeigen.“

Die Farben des Bildes sind von unfassbarer Tiefe. Die Madonna trägt ein Gewand, das so blau schimmernd ist wie der schönste Abendhimmel. Die Könige tragen die prächtigsten Samtgewänder in rot und grün. „Unvorstellbar, dass diese Farben über 500 Jahre alt sind", flüstere ich. Du nickst. Wir wissen beide, wie schwierig und aufwändig es war, solche Farben herzustellen.

„Und diese Dynamik, sie entsteht durch die noch senkrecht stehenden Menschen rechts und links, die sich dann mehr und mehr zum Kind hinbeugen."

„Jesus. Das Zentrum der Welt."

„Auf dem rechten Flügel ist der heilige Gereon dargestellt, der wegen seines christlichen Glaubens enthauptet wurde. Links siehst Du eine Figur aus den Legenden: Die heilige Ursula soll auf einer Pilgerfahrt nach Rom zusammen mit ihren 11.000 Jungfrauen von den Hunnen getötet worden sein."

Ich kichere. „Das allerdings muss eine Legende sein." Du siehst mich zweifelnd an. „Wo bitte findet man 11.000 Jungfrauen? Und würden die Hunnen diese wirklich töten und nicht lieber ..."

„Isabella", wenn Du mich beim vollen Namen und nicht Isi nennst, dann weiß ich schon, dass Du mich zurechtweist. „Isabella, bitte, das finde ich jetzt unpassend."

„Unpassend, aber wahr." Ich lache und ziehe Dich weiter. Wir laufen an prächtigen Bildern und Statuen vorbei. Der Hauch alter Zeiten weht einen an. Wir mögen beide diese Verbindung von Kunst und Heiligkeit. Soeben fällt mir etwas sehr Seltsames auf. Niemals haben wir tatsächlich über unsere eigene Religiosität gesprochen. Ich denke nach. Und bin mir

sehr sicher, dass wir beide an keine spezifische Religion, an keinen spezifischen Gott glauben, aber an das wie auch immer geartete Göttliche, vielleicht nur die Schönheit der Natur. Wir beide suchen gerne die heiligen Orte der Welt auf und spüren dem Alten, Magischen, dem Sinnstiftenden und Beunruhigenden nach.

Doch nun bricht das Beunruhigende ein. Du führst mich zu dem Fenster, das auch ein großer Kölner Künstler gestaltet hat, Gerhard Richter, allerdings zu unserer Zeit. Auf hundert Quadratmetern Fensterfläche sind unzählige handgroße Quadrate in den unterschiedlichsten Farben angeordnet. „Es irritiert mich grundlegend“, stelle ich fest.

„Ja!“, bestätigst Du nur. Der Lichteinfall durch die vielen bunten Fensterchen wirkt einerseits zerstreut bunt und bildet andererseits dann doch einen sanft farbigen Lichtteppich, der ähnlich jenen ist, die durch die bunten alten Kirchenfenster scheinen, aber auch grundsätzlich anders.

„Das Alte wird aufgegriffen und doch ganz neu gestaltet. Die alten Zeiten und die heutigen mischen sich, bekämpfen sich, stehen sich in ihrer Unterschiedlichkeit gegenüber und finden dann doch zusammen“, stellst Du fest.

„Disharmonierende Harmonie.“

„Du wunderbare Frau findest Worte, die die Welt fassen.“

Sanft umgreifst Du meinen Rücken und führst mich aus dem Dom hinaus.

Weißt Du, dass ich nur wenige oder gar keine Schmerzen habe, wenn ich mit Dir auf Reisen bin? Natürlich liegt dies an der kontinuierlichen Bewegung, die der Krankheit und mir guttut. Aber die Wahrheit ist, dass es hauptsächlich an Deiner Liebe liegt, an dem Glück, bei Dir zu sein.

Mein Liebling, die Tage, die wir teilen, sind heilig wie die Orte, die wir besuchen.

Deine Isabella

Elias saß am Schreibtisch und merkte selbst, dass er sich nicht konzentrieren konnte. Er stand auf. Dann würde er jetzt eben eine verfrühte Mittagspause machen und sich eine Stunde im Englischen Garten gönnen. Er liebte den Park, die Seen, die Wasserspiele. Früher war Sabrina manchmal gekommen und in seiner Mittagspause mit ihm durch den Park gelaufen. Plötzlich fühlte er, was er lange nicht mehr gespürt hatte. Sie fehlte. Sie fehlte ihm entsetzlich. Verwundert nahm er wahr, dass ein kleiner Schluchzer aus seinem Mund gekommen war, dass Tränen seine Wangen hinunterliefen. Drei Jahre war es nun her, seit sie gestorben war, drei lange Jahre. Nach den ersten Wochen des völligen Abtauchens war er in einen neuen Lebensrhythmus gekommen, der auch für ihn oft genug nur ein Überlebensrhythmus war. Nach

Hause kommen, kochen, nach den Schulaufgaben fragen, vielleicht ein Spiel spielen, die Kinder zu Bett bringen, Hausarbeit erledigen, schlafen, aufstehen, das Gleiche aufs Neue. Und dazwischen Frauen zur Ablenkung. Er spürte in sich hinein. Seine Akkus waren leer. Warum hatte er das nicht längst schon bemerkt? Er lebte wie ein Roboter. Für die Kinder. Am Wochenende nahm er sich Zeit für sie, er genoss das Spielen mit ihnen, die gemeinsamen Ausflüge.

Aber die Müdigkeit war überwältigend groß. Wo lud er seine Akkus auf? Nirgendwo. Kein Hobby. Kaum mehr Freunde außer Oliver. Kein eigenes Leben bis auf den einen Abend mit Oliver im Monat. Musste er nicht auch einmal auf sich achtgeben? Doch wie? Was wollte er eigentlich noch vom Leben? Die Kinder großziehen, glücklich machen, ihnen Vater und Mutter zugleich sein. Ging das überhaupt? Und dann? Später, wenn die Kinder groß waren? Die Weiden über ihm rauschten und winkten ihm zu. Doch er hatte keine Ahnung, wo sie ihn hinweisen wollten.

Indiana

„Klar kann ich mich an ‚Indiana' erinnern." Oliver machte eine Handbewegung, die voluminöse Brüste anzeigte. „Wie hieß die in echt?"

„Inge. Wir nannten sie Indiana, weil sie immer nach Amerika wollte."

Sie saßen an der Theke ihrer Lieblingskneipe.

„Du hast ihr nur auf die Brüste gestarrt und sie eine halbe Stunde später abgeschleppt. Wusstest du am nächsten Morgen überhaupt, wie das Gesicht von ihr aussah?“ Oliver schlug ihm laut lachend auf die Schulter. Früher hätte Elias vielleicht mitgelacht. Doch jetzt konnte er es nicht mehr. Es war nicht lustig. Und er konnte sich auch nicht mehr toll finden. Er war ein mieser Kerl gewesen. Vermutlich hatte er sich tatsächlich ihr Gesicht bis zum Morgen nicht angesehen.

„Solche Dinger“, Oliver lachte immer noch und seine Hände schwangen soweit sie konnten in alle Richtungen. „Aber so eine Taille.“ Nun fassten seine Hände um den Bierkrug.

Elias schob sein Bierglas fort. Eigentlich hätte er Oliver jetzt langsam mal in die Schranken weisen müssen. Aber als ob er dazu ein Recht hätte! Denn der wusste nicht einmal, wie es weitergegangen war. Nahezu jeden Samstagabend hatte er sie wieder in der Disko getroffen. Getanzt mit ihr. Sie tanzte aufregend sinnlich. Die Blicke aller Männer hingen auf ihr, auf ihren Bewegungen, lasziv, im Takt der Musik, auf ihrer Wahnsinns-Figur. Aber sie stand nur auf ihn. Jeden Abend landeten sie in seinem Bett. Lange, intensive Nächte. Aber kaum ein Wort am Abend, in der Disko dröhnte die Musik sowieso zu laut. Auch am Morgen kaum ein Wort. Was hätte er mit ihr reden sollen? Aber Sex hatte er mitgenommen, jede Woche.

„Ich gehe.“ Elias kramte einen Schein aus der Tasche und legte ihn auf die Theke.

„Hej, du hast dein Bier noch nicht mal ausgetrunken.“

Mein geliebter Elias, mein Liebling,

ja, gut, ich gebe es zu, manchmal, da fehlst Du mir auch körperlich. Dann gehen meine Gedanken auf Wanderschaft.

Ich denke gerade an das letzte Mal, als Du bei mir warst, als wir beieinanderlagen, du weißt schon, ich kann das weiterhin einfach nicht richtig benennen. Du lächelst jetzt bestimmt wieder, Du kannst so frei über Sexualität reden. Ich immer noch nicht. Jedenfalls – dabei – Dein Blick war so ernsthaft, immer auf mich gerichtet. Nicht Dein Wohl war das Wichtigste, nur meines. Dein größtes Glück ist es, mich anzusehen, während ich glücklich bin. Sexualität ist für mich nicht immer leicht, weil mir die Angst im Nacken sitzt, die Schmerzen könnten dadurch kommen oder stärker werden. Aber Du bist so behutsam, dass ich mich lösen kann. Du bist der einzige Mann, mit dem ich je Sex hatte und mit dem ich je Sex haben könnte. – Sieh nur, ich habe es ausgesprochen! – Ich lächle nun selbst über mich.

Oh Gott, ich bin der glücklichste Mensch der Welt, dass ich Dich habe!

Manches Mal denke ich, ich habe Dich gar nicht verdient!

Du wolltest mich sehen, mich spüren. In Deinen Armen fühle ich mich wie eine Königin.

Aber, Du weißt es, ich gebe auch alles für Dich. Nein, jetzt lache ich gerade, ich kann Dich nicht ansehen beim Liebesakt, da klappen meine Augen einfach fort, während Du mich wohl immer betrachtest. Ich schmelze dahin, wenn Deine Finger über mich gleiten, ich schließe die Augen, ich gebe mich hin. Und Du genießt. Wenn wir zwei uns lieben, ist es göttlich. Überirdisch schön.

Du bist zu gut für mich.

Ich liebe Dich.

Nur noch wenige Wochen, dann wirst Du wieder bei mir sein.

Ich liebe Dich!

Deine Isabella

Paul Pra

„Wie geht es deiner 'kleinen Großen'?"

Paul stellte sein Bier langsam und bedacht auf den Tisch und rückte es auf die Mitte des Bierdeckels. „Ich habe mit ihr gesprochen. Ich denke, so, in dieser Art, eigentlich zum ersten Mal überhaupt."

„Inwiefern?", hakte Elias nach.

„Ja, irgendwie habe ich ihr zuerst das gesagt, was du mir gesagt hast. Dass ihre Eigenheiten in Ordnung sind. Dass sie ihr Sicherheiten geben und das doch schön ist, wenn man unsicher ist, weil man mehr wahrnimmt als die meisten anderen, vielleicht sensibler, vielleicht sogar ein wenig klüger. Sie hat mich sehr verwundert angesehen und gesagt: ‚So habe ich das noch nie gesehen.‘ Ich glaube, sie fand den Gedanken, dass ihre Eigenheiten okay, für sie richtig sind, genauso überraschend und schön wie ich.“

„Du hast aber das Wort ‚Autismus‘ nicht verwendet.“

„Nein.“

„Das ist, glaube ich, gut.“

„Sie hat mich dann umarmt.“

Elias konnte spüren, wie berührt Paul davon war.

„Ich hoffe, dass sie mit ihren Problemen nun auch mal zu mir kommt. Bisher war das immer Sache meiner Frau. Aber durch die Gespräche mit dir ist mir bewusst geworden, dass ich ihre Art zu denken wohl besser verstehen kann als jeder andere. Aber ich will sie auch nicht jeden Tag fragen.“

„Doch. Rede mit ihr. Du kannst sie auch täglich fragen, wie es ihr geht. Daran ist nichts Negatives. Glaube mir, sie wird dir öfter erzählen als du denkst; und immer öfter, je genauer du zuhörst.“

Statt die U-Bahn von der Redaktion in der Innenstadt zu nehmen, entschloss sich Elias, nach Hause zu laufen. Die zwanzig Minuten Spaziergang würden ihm guttun.

Hatte er das eigentlich für sich selbst beherzigt, das Reden mit den Kindern?

Gestern Abend gab es eigentlich kein Thema außer den Hausaufgaben, so wie meistens. Wirklich lange und tiefe Gespräche mit den Kindern waren in den letzten Jahren immer zu kurz gekommen.

Nach Sabrinas Tod war er zuerst wie nicht anwesend gewesen, bis Anne ihn zurück ins Leben und in seine Pflicht geholt hatte. Dann stellte er erstmal sein Berufsleben um. Früher war er sehr viel unterwegs gewesen. Als Historiker waren seine Spezialgebiete prähistorische Funde. Er hatte die ganze Welt bereist. Ausgrabungsstätten, aber auch Museen, um mit den jeweiligen Museumsleitern zu sprechen oder mit Wissenschaftlern in der ganzen Welt. Er war mehr unterwegs gewesen als zuhause. Wie schade eigentlich. Hatte er nicht damit die frühe Kindheit seiner beiden verpasst?

Später hatte er seine Arbeit zurückgefahren, keine Aufträge mehr angenommen, die ihn über längere Zeit fortführten. Er hatte Forschungsprojekte bevorzugt, die eher Schreibtischarbeit bedeuteten, bei denen er nicht mehr unbedingt vor Ort sein musste, um seine wissenschaftlichen Abhandlungen und Artikel zu schreiben. Auch aktuelle historische Untersuchungen nahm er mehr an. Er versuchte, so viel wie möglich zuhause zu arbeiten. Aber natürlich war es schwer. Es war eine permanente Zerrissenheit zwischen der Arbeit und den Kindern.

Er hatte das Frühstück bereitet, er war zum Abendessen zuhause. Meistens jedenfalls. Oft genug hatte er dann im Arbeitszimmer weitergearbeitet, wenn die Kinder im Bett waren.

Aber lange, tiefe Gespräche mit den Kindern, nein,

das gab es eigentlich kaum. Vermutlich konnten Mütter das auch besser als Väter. Unsinn, er konnte das auch. Einfach mal sich Zeit nehmen, genug Zeit, und sie fragen, wie es ihnen geht.

Er beschleunigte seine Schritte. Er wollte nach Hause.

Indiana

„Magst du einen Kaffee?"

Das wollte er eigentlich nicht. Er musste so bereits einen Würgereiz unterdrücken. Es war nicht nur das Katzenklo, das hier stank. Der Mief von mehreren Tagen ungelüftetem Leben hing in der Luft.

„Ja, gerne."

Sie schlurfte in die Küche. Nie hätte er sie auf der Straße wiedererkannt. Der Bauch hatte die Oberweite eingeholt und überrundet. Wie die Ringe des Michelin-Männchens hingen die körperlichen Massen rund um sie. Das Gesicht aufgeschwemmt. Vielleicht von Alkohol, fragte sich Elias.

Doch die zwei Mädchen rührten ihn. Sie spielten selbstvergessen miteinander in der Ecke des Zimmers auf einem Teppich mit ihren Barbiepuppen. Liebevoll ließen sie die beiden miteinander ein Mittagessen kochen, sich an den Tisch zusammensetzen, sich unterhalten.

„Indiana, deine zwei Mädchen sind wundervoll!"

„Mich hat schon lange keiner mehr Indiana genannt." Ein Lächeln überzog ihr Gesicht, in dem er für einen winzigen Moment die junge Frau von früher wiedererkannte. „Ich bin auch nie nach Amerika gekommen."

Sie stand auf und ging zu ihren Kindern. Sie strich beiden über den Kopf. „Ja, Elias, sie sind mein ganzes Glück, die zwei sind wundervoll."

Sie beugte sich zu ihnen und hob die zwei Barbie-Pferde auf. „Könntet ihr zwei vielleicht in euer Zimmer gehen und dort weiterspielen?" Ihre Stimme war sehr liebevoll und vorsichtig fragend. „Elias ist ein alter Bekannter und ich würde mich gerne mit ihm unterhalten." Die zwei standen auf, packten ihre Puppen und die eine gab ihrer Mutter einen Kuss auf die Wange, bevor beide in ihr Zimmer verschwanden.

„Entschuldige, Elias, ich habe nicht aufgeräumt."

„Das macht nichts, gar nichts. Ich freue mich, dass ich dich wiedergefunden habe."

„Ich bin nur damit beschäftigt, mit meinem Anwalt zu sprechen. Aber weißt du, mein Mann hat so einen ganz tollen. Und meiner ist eben vermutlich nicht so gut. Mein Mann zieht das Geld ja einfach aus der Firma raus, eine Auto-Werkstatt hat er, und tut so, als ob er gar nichts verdiene."

„Wie lange seid ihr schon getrennt?"

„Seit zwei Jahren. Dass er mich finanziell fertig macht, das habe ich hingenommen. Die Mädchen und ich, wir sind nicht anspruchsvoll. Wir haben uns, und das genügt."

Plötzlich liefen Tränen über ihr Gesicht. „Ich weiß auch gar nicht, warum er mir jetzt die Kinder fortnehmen will. Er hatte doch nie ein besonders gutes

Verhältnis zu ihnen. Vielleicht nur, um mir wehzutun."

Sie machte eine Geste durch das ungelüftete, unaufgeräumte Wohnzimmer. „Seit ich weiß, dass er es wahrscheinlich schaffen wird, ist mir alles egal. Ich mache nichts mehr. Nur jede Minute mit den Mädchen verbringen."

Bevor er nach Hause gehen konnte, setzte er sich kurz in ein Café, um seine Gedanken zu sortieren. Irgendwie war sie abgerutscht, hatte ihre Träume verloren, damit auch ihre Zielstrebigkeit, die früher unbändige Lebenslust hatte sich in resignierte Traurigkeit verwandelt. Und dennoch war Liebe und grenzenlose Fürsorge für ihre Kinder geblieben.

Warum nur? Weil die Realität sie eingeholt hatte, wie sie es nach dem Überschwang der Jugendjahre meist tat?

Nein. Er war auch im Überschwang der Jugendjahre gewesen, hatte geträumt, so leichtfertig gelebt, sich auch über andere hinweggesetzt. Doch als Sabrina kam, die Realität, sehr schnell die Kinder, hatte nichts ihn eingeholt. Stattdessen hatte er zu sich gefunden, immerhin war er ein wenig ruhiger geworden. Nun hatte er sich wieder verloren. Sie war sein Heimathafen gewesen. Den er nicht mehr hatte. Auch ihm waren, wie Indiana, nur die Kinder geblieben.

Warum hatte Indiana sich so gehen lassen?

Er trank den letzten Schluck seines schwarzen Kaffees.

Weil ihr Partner nicht an ihrer Seite war, sie bitter betrogen, verletzt, schließlich bekämpft hatte. Diese Realität hatte sie nicht ertragen, dieser Realität hatte sie nichts entgegenzusetzen, den Kampf fast verloren.

Aber es gab immer eine Chance im Leben. Vielleicht ergriff sie sie, wenn sie den aussichtslos erscheinenden Kampf gegen den übermächtigen und skrupellosen Mann doch noch gewinnen würde. Und einen verlässlichen Freund dabei an ihrer Seite hätte.

Der wollte er sein.

Er rief die Bedienung zum Zahlen.

„Oliver, du verdienst so viel mit deiner Kanzlei. Du haust sogar Mafiabosse raus, von denen du ganz genau weißt, dass sie Menschen auf dem Gewissen haben. Du hast zuletzt einen Vergewaltiger verteidigt. Jetzt machst du verdammt nochmal zur Abwechslung etwas Gutes."

„Für Null und Nichts?"

„Für Null und Nichts. Für eine Frau und zwei Kinder."

„Oh, Mann."

Mein geliebter Elias,

stell dir vor, Mia, die Frau, von der ich Dir erzählt habe, und ich, wir waren gemeinsam essen.

Wir aßen Pasta bei einem Italiener in der Nähe des

Markts und tranken jeder zwei Gläser Rotwein! Kannst Du Dir das vorstellen?

Und wir redeten. Über die Hunde, über ihre Arbeit als Floristin, sie hat eine eigene kleine Blumenhandlung. Über meine Arbeit in der Buchhaltung, über die kleine Firma und meinen anstrengenden Chef.

Einfach so, ohne jede Anstrengung floss das Gespräch. Schließlich erzählte sie mir, dass ihr Mann vor einigen Jahren gestorben sei. Elias, es war eine ganz innige Unterhaltung, die mir dennoch leichtfiel. Und die in etwas weinseligem gemeinsamen Lachen endete. Es war so schön. Ich glaube, ich habe eine Freundin gefunden. Danke, dass Du mich immer ermuntert hast, mich immer unterstützt hast. Und Du hast recht behalten – sie mag mich. Es gibt einen Menschen, außer Dir, der mich mag.

Ja, Elias, es macht mich glücklich. Und ich weiß, dass Du Dich mit mir freust. Ich küsse Dich in Gedanken!

Deine Isabella

„Ich brauche noch eine Amerikareise."

„Wieder eine Delfintherapie?"

Er setzte sich am Tisch des kleinen Reisebüros ihr gegenüber und nahm sie diesmal erst wirklich wahr. Ihr Gesicht strahlte ihn an. Blaufunkelnde Augen umrahmt von kleinen blonden Locken.

„Nein." Er lachte. „Ich stelle mir vor, eine Reise mit einem Camper durch Montana, Idaho, Arizona. Grand Canyon. Canyon de Chelly. Yellowstone. Das ‚echte' Amerika."

„Oh, wie wunderschön. Das ist auch einer meiner Reiseträume. Ich reise so gerne, ich könnte überall in die Welt fahren. Aber das ist eine besonders schöne Reise!" Sie unterbrach sich. „Ist es wieder jemand von Ihrer Liste mit Menschen, denen sie helfen wollen."

„Ja." Es war ihm etwas peinlich, das klang so nach Samaritertum. Dabei war es doch einfach eine normale Menschenpflicht, sich um die Menschen um sich herum zu kümmern.

„Großartig!", sagte sie begeistert. „Okay. Wieder ohne Namen?"

„Nein. Ganz offiziell: Für Inge Andres. Wir nannten sie in der Schule Indiana. Weil sie immer nach Amerika wollte, zu den Indianern." Er stockte. „Also heute hieße sie wohl Indie – nach den indigenen Völkern." Sie lächelte ihm zu und würdigte seine Bemühungen, korrekt zu sprechen und niemanden mit unbedachten Wörtern zu verletzen.

„Sie brauchen mir auch keinen Spezialpreis zu machen. Ich schaffe das schon. Flug für Inge und ihre zwei Töchter. Und den Camper."

„Ich mache Ihnen aber einen Spezialpreis. Allerdings unter einer Bedingung."

„Ja?"

„Sie laden mich zum Abendessen ein und erzählen mir die ganze Geschichte von ‚Indiana'. Und von den

Menschen Ihrer Liste. Ich finde das einfach so aufregend!“

Sie hing kichernd an seinem Arm. Obwohl ein Teil des Rotweins sogar auf ihrem Kleid gelandet war, als sie ausufernde Armbewegungen machte, bei jeder Geschichte größer, die er ihr erzählte, aber offensichtlich war immer noch zu viel für sie übrig gewesen.

„Nein, Rosie, du lässt dein Auto stehen, und du nimmst auch kein Taxi, ich fahre dich natürlich nach Hause“, widersprach er ihren Plänen.

„Also gut. Ich fürchte, ich könnte es wirklich nicht mehr.“

„Erstens sowieso und zweitens wohnst du ja offensichtlich im gleichen Viertel wie ich.“

Er bugsierte sie in sein Auto und hörte ihr herrliches, rotweinseeliges Kichern. Langsam lief er um das Auto herum und spürte dem seltsamen Gefühl in seiner Brust nach. Er hatte geredet, sie hatte gelacht. Sie hatte erzählt und er in ihr Gesicht gesehen, in ihre Augen. Rosie. Der Name passte zu ihr, wie eine kleine apricotfarbene Rose, fand er.

Diesmal hatte Oliver einen dunklen Anzug an und wirkte seriös und straight. „Hör zu. Ich habe einen Termin beim Richter bekommen. Nur über Beziehungen. Es ist eigentlich viel zu spät. Ich habe in die

Unterlagen gesehen. Dieser Mann stellt sie als halb demente Heroinabhängige dar. Und es sieht so aus, als ob ihr bisheriger Anwalt nicht einmal eine Erwiderung eingelegt hat. Er hat einfach gar nichts getan. Um zwölf Uhr stehen wir vor Gericht. Und du wirst mir eine neu eingekleidete, superadrette, wenn auch ein wenig voluminöse, Dame anfahren. Und zwar mit kurzen Ärmeln, damit der Richter sieht, dass sie keine Einstiche hat. Die Kinder bringt ihr auch mit."

Paul Pra

„Elias, meine Tochter bildet sich immer ein, schwer krank zu sein."

„Also nochmal, Paul, ich bin kein Psychologe, und ich wünschte mir, ihr würdet zu einem echten Experten gehen. Ich kann nur annehmen, nachdenken."

„Das tust du aber ganz gut", grinste Paul.

Elias stand auf, holte eine Flasche Rotwein und zwei Gläser. Paul hatte angerufen und Elias ihn spontan eingeladen. Leo schlief bereits, und Anne hatte sich in ihr Zimmer zurückgezogen.

„Ich glaube, dass ein wenig Hypochondrisches durchaus zu einem solchen Menschentyp dazugehört." Elias goss die Gläser ein. „Weil man auch seine eigenen Probleme deutlicher wahrnimmt, ernster nimmt. Und man ständig erlebt, dass man ein wenig anders ist als die meisten anderen. Auch hier, nehme ich an, muss man einfach mit sich ins Reine kommen, sich selbst akzeptieren, annehmen, dann kann man die Eigenheiten vielleicht auch weniger auf eine ‚körperliche' Krankheit schieben."

„Klingt schon wieder schrecklich einleuchtend. Du bist echt ein Guru." Paul nahm sein Glas und prostete Elias zu.

„Nein. Ich höre zu. Nehme Anteil. Und denke nach. Das ist alles."

„Klingt ganz einfach und simpel. Warum machen das eigentlich so wenige Menschen?"

Elias zuckte mit den Achseln. „Ich habe es früher auch nicht getan."

Elias sah plötzlich in dem kleinen Spalt der Wohnzimmertür, dass Anne hereinsah. Offenbar lauschte sie der Unterhaltung. Er unterdrückte den ersten Wunsch, sie fortzuschicken. Warum denn? Sie sollte ruhig eines seiner Gespräche hören. Sie hatte doch die Idee mit der Liste gehabt, sie hatte die Lösung gefunden. Sie durfte gerne teilhaben an der Erfahrung, dass man Menschen bereits mit Nachfragen, mit Anteil nehmen und gemeinsamem Nachdenken helfen konnte. Er winkte ihr zu, und sie kam vorsichtig herein. Paul nickte ihr begrüßend zu, und sie setzte sich zu ihrem Vater. Elias legte behutsam den Arm um ihre Schulter, bevor er Paul, der einfach weiter sprach, wieder zuhörte. Er wandte sich wieder Paul zu.

„Es hat sie aber beruhigt, dass ich das auch alles kenne. Sie war nach unseren Gesprächen wie erleichtert. Ich weiß nicht, ob ich ihr helfen kann. Aber wenn ich ihr meine Verrücktheiten erkläre, ist sie verwundert und irgendwie erfreut, dass ich so etwas auch habe. – Und ganz gut damit leben kann."

„Keine Verrücktheiten. Eigenheiten", korrigierte Elias.

Paul schüttelte lachend den Kopf und prostete Elias wieder zu.

„Kommst du uns auch mal besuchen?"

„Klar, gerne."

„Dann nimmst du deine Kinder mit!" Er sah Anne an. Sie nickte und ließ die beiden Männer dann wieder allein.

Als sie die Tür geschlossen hatte, sah Paul Elias plötzlich sehr aufmerksam an. „Weißt du was, und ich habe noch gar nicht dich gefragt, wie es dir geht, wie deinen Kindern." Er zögerte. „Wie du und die beiden mit dem Tod deiner Frau zurechtkommen."

Elias lehnte sich zurück und begann in sich zu hören und zu erzählen.

„Ich bin zutiefst verzweifelt. Ich hatte dir die Geschichte mit meiner Freundin und den Briefen erzählt."

„Ja."

„Und ich komme nicht darüber hinweg. Ich drehe mich jeden Tag darum. Ich habe bohrende Schuldgefühle."

Paul lehnte sich zurück. „Was geschehen ist, ist geschehen."

„Eben. Und nun ist sie tot. Und ich kann nichts, aber gar nichts mehr gutmachen." Er fühlte eine Enge in seiner Kehle, er konnte kaum noch schlucken. „Und es ist nicht nur sie. Ich habe andere ähnlich behandelt."

Wieder sagte Paul sehr bestimmt. „Was geschehen ist, ist geschehen."

„Aber es geht doch weiter so. Ich bin ein schlechter Vater. Ich habe viel zu wenig Zeit für meine Kinder. Ich bin nicht für sie da wie eine Mutter. Ich kann nicht mit ihnen sprechen. Nicht gut genug."

„Hm." Paul schüttelte den Kopf. „Ich ja auch nicht. Aber du tust doch dein Bestmöglichstes."

„Es reicht nicht. Es reicht einfach nicht. Ich reiche nicht."

Es wurde ein langer Abend. Elias' Verzweiflung blieb.

Anne war begeistert. Sie sollte aus diesen zwei Mädchen wie beim Vorher-Nachher-Contest das Beste herausholen. Das war nicht schwer. Noch zuhause hatte sie den beiden die blonden Locken gekämmt, der jüngeren zwei Zöpfe geflochten und der Großen die Haare mit einer Spange ein wenig gebändigt. Nun würden die zwei noch Kleider bekommen. Brav und lieb, hatte ihr Vater gesagt. Anne hatte verstanden. Sie zeigte der Kleinen ein hellblaues Kleidchen. Als die strahlend nickte, schickte sie sie zur Umkleidekabine. Die große hatte sich eine Jeans ausgesucht und sah Anne fragend an. „Ja. In Ordnung. Aber dazu diese weiße Bluse." Auch sie lief in die nächste freie Umkleidekabine.

Anne stemmt die Arme in die Hüften. Dieses Listen-Projekt hier gefiel ihr besonders gut.

In der Stunde, die sie noch Zeit hätten, würde sie den beiden ein Eis kaufen. Auf eigene Kosten. Anne fand das richtig, was ihr Vater machte. Jeden Abend erzählte er ihr und Leo von den Menschen, die er traf. Und ihnen manchmal half, soweit sie das wollten oder er konnte. Anne fand es traurig, wie viele Menschen eigentlich nicht glücklich waren. Denen sollte man helfen. Ihrem Vater tat es auch gut, er lebte dabei auf. Und vielleicht fand er ja dabei auch noch eine nette Frau. Anne wünschte es sich so sehr.

Oliver pfiff durch die Zähne. „Indiana, wow!"

Die Haare waren frisch frisiert und fielen lockig um das Gesicht. Ein sanft buntes Kleid machte aus ihren Rundungen weibliche Formen. Das dezent geschminkte Gesicht ließ ihre Augen leuchten. Sie drehte sich einmal um sich selbst und lachte. „Ich habe mich auch seit Jahren nicht so wohl gefühlt. Das war ein Beauty-Vormittag."

„Gut, Indiana, wir gehen da jetzt rein. Du nimmst deine zwei Mädchen an der Hand. Der Richter wird dir und den Kindern Fragen stellen. Was ihr gemeinsam macht, wie euer Alltagsleben aussieht, wie ihr zurechtkommt. Du wirst dich über nichts beklagen! Alles ist gut. Ihr habt nicht viel Geld, aber ihr kommt über die Runden. Du erzählst, welche Gesellschaftsspiele du mit den zwei spielst, wie oft du mit ihnen auf den Spielplatz gehst. Nur Positives. Alles klar?“

Indiana nickte.

Mein geliebter Elias,

ja, ich gestehe, heute ist so ein Abend ... Ich habe eine Flasche Rotwein vor mir stehen. Und sie ist halb leer. Dein Lieblingswein, der gute Nero d‘Avola, den wir aus Florenz mitgebracht haben. Keine Angst, ich trinke nur selten einen. Auch wenn er die Schmerzen so schön erträglich werden lässt.

Wenn Du aus New York zurückkommst, werden nicht alle Flaschen fort sein.

Wie ist es denn? Du schreibst, dass Du drei freie Tage in New York City hattest. In der Metropolitan Opera warst, im MoMa. Ja, ich muss zugeben, da bin ich doch sehr neidisch. Mehr auf die Oper. Du weißt ja, dass mir das Verständnis für moderne Kunst ein wenig fehlt. Aber als Du mir versprochen hast, dass wir auch bald einmal zusammen ein paar Tage in New York verbringen werden und Du mir dies alles zeigen würdest, war ich wieder glücklich. Ich gönne Dir diese drei ruhigen Tage sehr. Ich weiß, dass Du die ganze Zeit unter Druck standst. Die Arbeit ging nicht so voran, wie Du es Dir gewünscht hättest. Und jeden Abend eine Dinner Party mit den Kollegen. Ich weiß, wie wenig Du das ausstehen kannst. Abend für Abend Smalltalk mit irgendwelchen Menschen, die ja doch meist nichts Interessantes zu erzählen haben. Ich kann Dich so gut verstehen. Wenn Du wieder bei mir bist, werden wir uns ruhige Abende gönnen. Lange Spaziergänge mit Momo im Gemeindewald unternehmen. Dann heizen wir den Kamin an. Wir nehmen beide ein gutes Buch zur Hand. Ab und an blicken wir auf und erzählen uns gegenseitig eine gute Stelle, lesen einen schönen Satz, streiten ein ganz klein wenig über die Interpretation der Metapher. Dann bekommst Du einen Kuss von mir, ich lehne mich an Deine Schulter, und wir lesen weiter.

Wie gesagt, der Rotwein. Also ja, Du hast recht, es ist, wie Du es in Deinem Brief schreibst. Dieser Winter ist unvorstellbar. Es schneit uns ein. Diese Nachrichten hast Du also sogar in New York bekommen.

Auch wenn Dein Beruf Dich zu oft von mir fortträgt. Wir zwei träumen uns doch immer zusammen.

Ich liebe Dich so sehr!

Deine Isabella

Es war Champagner in den Gläsern. Indiana hatte sich von Elias und Oliver mit einem Kuss auf die Wange verabschiedet. Sie hatten nach dem erfolgreichen Termin gleich neben dem Gericht in einer Bar gefeiert. Ihr ‚das war der schönste und wichtigste Tag in meinem Leben' hing noch in der Luft.

Und langes Schweigen, bis Oliver endlich sagte: „Ich fühle mich heute so gut wie seit Jahren nicht."

Elias antwortete nichts darauf.

„Vielleicht sollte ich ab und an mal etwas für andere tun." Elias nippte nur an seinem Glas.

„Kannst du bitte mal was sagen, Elias!"

„Nö."

„Ich dachte, du setzt jetzt ein paar weise Worte und Ratschläge für die Zukunft drauf."

„Nö."

„Nur weil ich nicht auf deiner Liste stehe."

„Ja." Elias grinste.

„Kannst mich ja trotzdem mal fragen, wie es mir geht." Plötzlich war Olivers Stimme sehr ernst.

Elias blickte auf. Darauf war er nicht vorbereitet gewesen. Zwischen Oliver und ihm gab es keine Fragen, keinen Ernst. Erst nach einem Zögern brachte er heraus: „Oliver, wie geht es dir?"

„Scheiße. Ich fühle mich oft leer und einsam."

„Das wusste ich nicht."

„Ja, du brauchst nicht die Leute von weit weg suchen, sondern einfach mal deinen wöchentlichen Saufkumpel fragen, wie es ihm geht."

„Ich dachte immer, du bist erfolgreich, immer gut drauf, hast immer ein Mädchen an der Hand. Ich dachte, dir fehlt nichts."

„Ich habe dich immer beneidet, um Sabrina und die Kinder."

Als Elias nach Hause ging, klang ihm immer wieder dieser Satz von Oliver in den Ohren. Er hatte Oliver für einen glücklichen Single gehalten. Und in Wirklichkeit hatte dieser ihn um seine Familie beneidet. Man musste viel besser hinsehen, zuhören, nachfragen, damit man die Menschen um sich herum wirklich verstand, wirklich ihnen nahe war.

Elias sah von seinem Schreibtisch auf. Er spürte ein aufwühlendes Gefühl in sich. Er hatte plötzlich eine riesige Wut auf sie. Draußen schien die Sonne. Und er hatte das Gefühl, nie mehr glücklich sein zu dürfen. Selbst in den schönen Momenten mit seinen Kindern überkam ihn plötzlich dieses Schuldgefühl. Das Gefühl, kein Recht mehr auf ein schönes Leben, nicht einmal auf Glücksmomente zu haben, wenn man Schuld am Tod eines Menschen hatte. Ob Isabella das gewollt hatte? Sie hätte die Briefe fortschmeißen können, verbrennen. Sie wusste, dass ihre Tante nach ihrem Tod die Sachen aufräumen würde, mit allergrößter Wahrscheinlichkeit die Briefe finden und an ihn, an den sie gerichtet waren, weitergeben würde. Ob diese Vorstellung ihr eine Art dunkle Freude bereitet haben mochte? Rache, endlich Rache an ihm zu üben, in einer grausamen und endgültigen Weise.

Er hatte eine Wut auf sie. Hatte sie nicht damit auch sein Leben zerstört? Hatte sie dazu ein Recht?

Sein Blick glitt über seine Bücherwand. Zahlreiche historische Sachbücher. Alle hatte er gelesen. Und dabei vielleicht die Menschen um ihn herum vergessen. Weißes Papier lag auf seinem dunklen Palisanderschreibtisch. Es zog ihn so sehnsüchtig an. Er liebte es, den Stift zur Hand zu nehmen, seine Gedanken aufzuschreiben, zu sortieren, in Sätze zu fassen. Thesen aufzustellen, nachzudenken, Theorien zu entwickeln. Aber das Papier schien ihm plötzlich, als wolle es ihn nur fortlocken von der realen Welt. Als wolle er sich nur hinwegtragen lassen von Fakten, Theorien und Imaginationen. Sollte er wirklich wieder etwas über vergangene Zeiten schreiben, wo das Jetzt ihn doch brauchte? Die Schuld drängte nach vorne.

Doch, Isabella hatte das Recht dazu. Er hatte sie haben wollen, nur als Bettgeschichte, er hatte sie abgelegt wie ein dreckiges Kleidungsstück. Er hatte ihr nicht geantwortet, sie nicht einmal beim Klassentreffen beachtet, kein Wort mit ihr gesprochen. Seine Schuld war so groß, sie hatte das Recht.

Paul Pra

Pauls Frau wirbelte umher und brachte Teller, Tassen, Kuchen, Kaffee, Kakao. Er sah Anne an, die diese mütterliche Frau zu beobachten schien. Ob ihr eine Mutter fehlte? Er müsste auch sie endlich mal wieder fragen, wie es ihr ginge. Natürlich. Wann hatte er sie eigentlich das letzte Mal danach gefragt?

Pauls Tochter Margarete sah ihn weiterhin kritisch an. Sie hatte ihn sofort spitz gefragt, woher er ihren Vater kannte, warum sie sich wieder getroffen haben. Elias vermutete, dass sie nicht verstand, weshalb ihr einzelgängerischer Vater plötzlich so eng mit einem alten Freund stand, ihn traf, telefonierte und nun sogar ihn und seine Kinder einlud. Als ob sie ahnte, dass es auch etwas mit ihr zu tun haben könnte. Sie sah ihn so kritisch an. Vielleicht dachte sie ja, er sei ein Psychologe und ihr Vater hetzte ihn ihr auf den Hals. Elias versuchte, alles möglichst wahrheitsgemäß zu beantworten, wenn er auch die Geschichte mit der Liste diesmal fortließ.

Pauls Frau hingegen schien sich zu freuen, dass auch ihr Mann mal Besuch einlud. Sie häufte riesige Kuchenstücke auf jeden Teller, gab Sahne dazu, bot Milch und Zucker für den Kaffee an, fragte die Kinder, ob der Kakao süß genug sei.

Margarete verschränkte jedoch die Arme über der Brust und lehnte sich zurück.

„Sie studieren Betriebswirtschaft?“, fragte Elias sie.

„Das hat Ihnen mein Vater also auch erzählt.“ Wieder dieser spitze Tonfall.

„Ja. Er ist sehr stolz auf Sie“, sagte er zu ihr. Dann wandte Elias sich zu Pauls Frau und lobte ihren selbstgemachten Kuchen, was sie offensichtlich sehr erfreute. Wenn Margarete nicht mit ihm sprechen wollte, würde er sie nicht dazu zwingen. Wer weiß, was sie dachte. Anne kicherte vor sich hin, weil Leo sich beim Kuchenessen die Sahne so ins Gesicht geschmiert hatte, dass sie einen kleinen weißen Schnurrbart bildete. Bei einem vorsichtigen Seitenblick stellte Elias fest, dass nun auch Margarete lächelte. Alle redeten plötzlich durcheinander. Leo beantwortete die Fragen nach der Schule. Anne brachte kichernd die Geschichte zutage, dass Leo gestern wütend mit seiner Schulaufgabe nach Hause gekommen sei. Aufgabe war es, im Deutsch-Test zu umschreiben, was es bedeute, wenn ein Mensch sich wie im Hamsterrad fühle. Er hatte lange und ausführlich geschrieben. Dass es sehr sinnvoll sei, wenn jeder Mensch wie ein Hamster im Käfig ein Sportgerät im Haus habe, das er immer wieder benutzen könne. Er würde dementsprechend ein Trampolin für Menschen empfehlen. Er selbst würde gerne immer wieder zwischen den Hausaufgaben ein wenig springen. Ständige sportliche Betätigung wie die beneidenswerten Hamster. Pauls Frau schüttete sich aus vor Lachen. Auch Leo, dem man mittlerweile die wahre Bedeutung dieser Redewendung erklärt hatte, konnte mitlachen.

Beim Verabschieden an der Tür sagte Margarete leise zu Elias: „Irgendetwas haben Sie mit den Veränderungen meines Vaters zu tun. Mit den Gesprächen, die wir nun miteinander führen.“ Sie sah ihn intensiv an. „Aber ich weiß es jetzt, Sie haben uns geholfen.“

Mein geliebter Elias,

ein schwerer Tag.

Es geht Momo schlecht. Ich hatte Dir erzählt, wie schlimm sein dritter epileptischer Anfall war. Fast vier Minuten zuckte er mit den Pfoten, knallte dabei gegen die Wand, seine Zähne mahlten und Schaum entstand um sein Maul. Fast noch schlimmer war, als er endlich wieder langsam zu Bewusstsein kam, einen Moment lang knurrte er mich sogar an. Er war völlig desorientiert, vielleicht erkannte er weder mich noch unsere Wohnung. Ich weiß, was Du mir gesagt hast, dass ich nicht die Hoffnung gehen lassen soll, dass man mit Epilepsie steinalt werden kann, dass nur die Minute zählt. Und Du hast ja auch recht. Ich nehme mir jedes Deiner Worte zu Herzen. Jeden Tag unternehme ich jetzt einen Waldspaziergang durch den Gemeindewald von Bruckmühl, Du weißt ja, wie Momo das gefällt. Die Parks, die Du mir oft von Deinen Spaziergängen beschreibst, gibt es natürlich hier bei uns auf dem Land nicht. Wozu auch? Wir brauchen keine angepflanzte und gezähmte Natur. Wir haben unseren Wald, unser weites, ruhiges Land. Das Momo und ich lieben. Oft sind wir zwei allein, aber manchmal gibt es andere Spaziergänger, meist auch mit Hunden. Dann rennt er über die Felder und Wiesen, springt zu den anderen Hunden, ein vorsichtiges Herantasten, Schwanz hinauf oder hinunter, Nackenhaare aufgestellt oder unten, mit Hündinnen kann man jederzeit und überall spielen, egal wie zickig sie sind, mit Rüden nur, wenn sie nicht angeben oder sich beweisen wollen ... Ach, Du kennst ihn ja. Deine Worte haben mir geholfen. Natürlich, ich mache mir immer Sorgen, und Du hast ja recht, das bringt niemandem etwas. Also bemühe ich mich, jede Minute zu genießen.

Mein Liebling, ich wüsste nicht, wie ich ohne Dich leben sollte. Ich bin solch ein Sorgenträger. Ich weiß, wie oft Du mir vorgeworfen hast, dass ich jegliches Problem, das kilometerweit um mich herumliegt, aufnehme, und wie Du mir immer wieder hilfst, mich nicht um alles zu sorgen. Wie Du mir zusprichst, jeden Moment mit unserem wundervollen Momo zu genießen.

Und mit Dir, Elias, was nur würde ich ohne Dich machen, ich wäre glatt eine so verhärmte Frau, so eine mit dünnen blond-grauen Haaren, die die wenigen Haare auch noch hinten zusammenbindet und mit schmalem Mund durch die Gegend rennt und sich in Ermangelung eines Kindes einen reinrassigen Dackel vom Züchter kauft ...

Du aber bringst mich immer zum Lachen, zeigst mir die positiven Seiten des Lebens auf. Ich danke Dir. Und küsse Dich. Ich gestehe, nicht nur freundschaftlich. Ich sehne mich nach Dir. Wenn Du wieder zu mir kommst, dann ...

Ich freue mich so auf Dich, mein Liebling!

Deine Isabella

Es roch nach Apfelkuchen. Immer, wenn sie kam. Ab und an fragte Frau Auerbach, ob sie denn nicht mal etwas anderes haben wollte. Aber Anne schüttelte den Kopf und strahlte: „Apfelkuchen, bitte!“

Noch bevor sie klingeln konnte, rief die Stimme innen: „Komm rein, Anne, ich habe dich schon gehört! Die Tür ist offen.“

Anne stapfte in die Küche und setzte sich an den Tisch. Ihr Kakao stand schon dort. Frau Auerbach wirbelte wie immer in der Küche herum. Sie hatte die gelben dicken Kochhandschuhe mit den roten Rosen darauf an und holte soeben den warmen Apfelkuchen aus dem Ofen. Anne nahm den Kakao, blies noch einmal darauf, der warme Schokoladenduft verbreitete sich und sie atmete tief aus. Alles fiel von ihr ab. Schulaufgabe in Englisch heute. Eigentlich schrieb sie gerne Aufsätze. „What makes a British man a British man?“ Die Frage gefiel ihr. Das war das Problem, sie gefiel ihr zu gut. Sie hatte sich völlig verhaspelt, immer mehr geschrieben. Frau Meindl wollte ihr schon das Blatt fortziehen, die anderen waren alle schon hinausgegangen. Aber sie hatte den Schluss noch nicht mal angefangen. Als ihr die Tränen kamen, brummte Frau Meindl: „Anne, ich gebe dir vier Minuten. Und dann wirst du mir diesen Text ganz freiwillig und ohne Tränen abgeben. Und er wird gut sein. Okay!“

Jetzt, hier, fiel alles von ihr ab. Der beste Kakao der Welt. Frau Auerbach platzierte den Apfelkuchen vor ihr, schnitt ein großes Stück ab und gab es ihr auf den Teller. Der beste Apfelkuchen der Welt.

Frau Auerbach sah sie besorgt an. Aber sie sagte nichts. Sie nahm die Gabel, gab einen Bissen darauf und drückte sie Anne in die Hand. Anne führte sie zum Mund. Die süßen Brösel zerschmolzen auf ihrer Zunge, verbanden sich mit dem Apfelgeschmack, flossen ihre Kehle hinunter und füllten süß und warm ihren Bauch.

Alles war gut.

Frau Auerbach hob Annes Kinn: „Sorgen in der Schule?“

Noch einen Bissen. „Nein, eigentlich nicht. Ich bin nur beinahe nicht fertig geworden heute mit meiner Schulaufgabe.“

„Beinahe nicht.“ Frau Auerbach schüttelte missbilligend den Kopf. „Beinahe nicht! Beinahe nicht heißt eben doch. Und dafür wieder Sorgen. Anne, du musst nicht immer die Beste sein. Und du musst auch nicht immer alles meistern. Im Gegenteil. Du bist fünfzehn. Es ist die Zeit, in der man eine ganze Menge nicht zu Ende bringt. Und das ist gut so.“

Anne hob hilflos die Schultern und nahm den nächsten Bissen.

„Soll ich nicht doch mal mit deinem Vater sprechen?“

„Nein“, fast verärgert sah Anne auf. Sie liebte diese warmherzige Frau. Das Einzige, was sie an ihr nicht mochte, war ihr immer wiederkehrender Versuch, irgendwann doch auf Elias zuzugehen. Vermutlich würde sie ihm sagen, dass das Kind zu viel auf sich nehme und er sie endlich doch mal Kind sein lassen sollte, dass er sich mehr um sie kümmern sollte und lauter solche Dinge. Aber was sie nicht verstand, war, dass Papa dann ja noch trauriger würde, er versuchte doch so bereits alles, wirklich alles möglich zu machen, seinen Beruf zu meistern – so wie Anne das von ihm gefordert hatte, und dennoch genügend Zeit für sie und Leo zu finden. Er wollte alles, und mehr ging nicht. Sie musste verhindern, dass Frau Auerbach ihm irgendwelche Vorwürfe machte.

Und es gab noch einen Grund, warum sie auf keinen Fall wollte, dass Frau Auerbach zu ihrem Vater gehen würde. Seit sie sich damals zum ersten Mal auf Kakao und Apfelkuchen hatte einladen lassen, als Frau Auerbach sie weinend auf der Straße sitzend aufgelesen hatte. Wenn sie ihm erzählt hätte, dass es in der Nachbarschaft eine Frau gab, zu der sie so oft kommen konnte, wie sie nur wollte, die immer für sie Apfelkuchen buk, die ihr auch mal bei den Schulaufgaben half, die sich immer Zeit für sie nahm, dann würde Papa denken, sie hätte sich eine andere Mutter gesucht. Sabrina einfach ersetzt. Und das ging auf keinen Fall! Und es war ja auch gar nicht so.

Also behielt sie ihre Stunden bei Frau Auerbach für sich.

Diese Nachbarin war ihr wertvollstes, wunderschönes Geheimnis.

„Meine Tochter fand Psychologen bescheuert, etwas für 'Geisteskranke', Dummschwätzer. Und jetzt geht sie jede Woche sehr, sehr gerne zu einer Psychologin, weil diese sie versteht, mit ihr spricht, gemeinsam mit ihr versucht, Wege zu finden, wie sie ihre Ängste, ihre Panikattacken in den Griff bekommt. Jede Woche versteht sie mehr, wird ruhiger."

„Hast du ihr dazu geraten?"

„Sie hatte ein autistisches Kind zu betreuen. Und ein paar Sachen kamen ihr plötzlich bekannt vor. Sie kam zu mir. Was sie früher nie getan hätte! Fragte mich nach Rat, ob sie mal mit jemand Professionellem über ihre Probleme sprechen solle. Ich riet ihr zu."

„Paul, ich finde das großartig."

Elias hatte Paul von zuhause abgeholt und nun liefen sie durch die Maximiliansanlagen, um am Wiener Platz einen Kaffee zu trinken. Elias mochte diesen kleinen Park. Beim Friedensengel liefen sie die Treppen hoch, lehnten sich an die steinerne Brüstung und blickten auf die Prinzregentenstraße mit dem Verkehr, der gemächlich floss, in einem Bogen um den Europaplatz mit der riesigen goldenen Statue, die über die Stadt wachte. Elias sah das Haus der Kunst. Ihm ging durch den Kopf, dass er am Wochenende mal mit den Kindern dort hineingehen sollte. Sie waren alt genug, um sich Museen anzusehen. Alles war einfach zu kurz gekommen in der letzten Zeit.

„Weißt du", sagte Paul, „ich glaube, dass du auch

etwas zurückbekommen wirst, dafür dass du anderen hilfst, anderen Gutes tust, einfach für sie da bist."

Zwei spielende Hunde stoben an ihnen vorbei und Elias sah ihnen lächelnd zu. Dann wandte er sich zu Paul. „Ich bekomme schon dadurch etwas, wenn ich deine Freude sehen kann. Das ist ein, wie soll ich es sagen, ein warmes Gefühl."

Elias stand vor ihrer Haustür. „Darf ich hereinkommen?"

„Oh, ich hatte dich nicht erwartet, ich bin nicht geschminkt. Warum hast du nicht vorher angerufen?"

„Das macht nichts, Julienne." Eigentlich wollte er noch sagen, ‚ich mag dich auch ungeschminkt', doch er ließ es sein.

Als sie ihn ins Wohnzimmer führte, bemerkte er, dass sie sich noch die Augen auswischte, damit er keine verlaufene Wimperntusche sah, bevor sie sich zu ihm umdrehte und ihm einen Kuss gab.

Er setzte sich auf das Sofa und sie sich sofort auf seinen Schoß. „Du hattest wohl Sehnsucht nach mir?" Sie nestelte an den Knöpfen seines Hemdes. Er hielt ihre Hände fest. „Ich komme gerade von der Arbeit. Und hatte Hunger. Vielleicht wollen wir und die Kinder heute wieder zusammen essen gehen? Ich könnte sie gleich anrufen, dann kommen sie zum Griechen um die Ecke und wir fahren auch hin."

Ihre Hände hielten inne, und sie blickte auf. „Nein, heute gehen wir zwei wieder alleine aus. Ich will dir das gleich sagen. Einmal mit ihnen, einmal alleine, so machen wir das. Und, Elias, wenn wir zusammen ausgehen, komme ich am Abend mit zu dir. Und wenn wir alleine ausgehen, verbringst du die Nacht bei mir. So können wir deine Kinder unterbringen und immer genügend Zeit für uns haben."

Das klang sinnvoll, dachte sich Elias. So musste es doch sein, für alle Seiten etwas.

Sie verschwand im Bad, um sich für den Abend fertig zu machen.

„Griechisch essen mag ich übrigens nicht", rief sie noch aus dem Bad. „Und noch etwas: Bring deinem Sohn bei, mit Messer und Gabel zu essen."

Elias lehnte sich im Sofa zurück und dachte nach. Gestern hatte er einen wundervollen Abend mit seinen Kindern gehabt. Sie hatten Karten gespielt, Uno. Elias und Anne hatten Tränen gelacht, wenn Leo wieder nicht merkte, dass Anne ihn gewinnen ließ und sich über seine unglaubliche Glückssträhne freute. Und Leo hatte unwissenderweise mitgelacht.

Er hörte, dass Julienne etwas im Bad fallen ließ und fluchte.

Plötzlich spürte er, dass das Einzige, was er wollte, war, zu fliehen. Und zu seinen Kindern zu gehen. Mit diesen wieder zusammen zu sein und zu lachen.

Und Leo musste auf gar keinen Fall eine Pizza mit Messer und Gabel essen. Auf gar keinen Fall.

Er stand auf und lief zum Gang. Dann blieb er stehen. Nein, so nicht. Nicht einfach gehen. Diesmal nicht. Er ging zurück zum Sofa und setzte sich.

Geschminkt und ihre Hüften schwingend kam sie in einem engen schwarz-schillernden Kleid wieder herein.

„Na, gefalle ich dir so?"

„Julienne, setz dich bitte mal neben mich."

Sie tat es und sah ihn mit einem scharfen Blick an.

„Julienne, es tut mir leid. Es tut mir wirklich leid. Ich dachte, es ist richtig und gut so. Aber das ist es nicht. Ich habe Kinder. Und ich fürchte, du magst eigentlich gar keine Kinder."

Sie saß sehr aufrecht. „Ich will auch nicht deine Kinder. Ich will dich. Und du willst mich."

„Ja. Aber die Kinder dürfen nicht darunter leiden, verstehst du?"

Sie stand auf. „Sag es!"

„Es kann mit uns nicht weitergehen. Es ist nicht richtig für meine Kinder. Deswegen auch nicht für mich. Und nicht für dich."

Langsam hob sie ihren Arm. „Raus!" Sie wies zur Tür.

„Julienne, es tut mir leid", hob er an.

„Raus", wiederholte sie.

Er stand auf und ging zur Tür.

„Aber deinen Ring werde ich behalten."

Sie knallte die Tür hinter ihm zu.

„Entschuldige", sagte er.

Wieder hatte er jemandem wehgetan. Wieder einer

Frau. Nach all seinen guten Vorsätzen. Nach Isabellas Tod.

Wieder hatte er es getan.

Mein geliebter Elias,

ich bin heute sehr, sehr müde.

Ich war im Konzert. Es gab Mahler im Großen Festspielhaus. Und Du weißt, dass ich für gute Konzerte gerne mit dem Zug nach Salzburg fahre, es ist ja nicht so weit. Ich liebe das alte Gebäude, ich liebe den Konzertsaal, ich liebe den Weg durch Salzburg dorthin.

Gustav Mahler, Kindertotenlieder. – Ja, Du hättest es mir gesagt, ich hätte gar nicht hineingehen sollen. Zu traurig einfach. Und ich zu emotional. Die Töne sind Trauer pur. Tiefste, unfassbare, unendliche Traurigkeit. Nie zu lindern. Verloren, auf immer.

Wärest Du da, würdest Du mich jetzt in den Arm nehmen.

Momo ist ruhelos. Er läuft hin und her und hin und her und fiepst dabei. Ich glaube nicht, dass er Schmerzen hat, aber er wirkt desorientiert, als wisse er nicht, wohin, als wisse er nicht, was mit ihm ist. Er tut mir so leid. Ich spüre in diesem Moment Deine Arme um mich, die mich ganz festhalten. Anders könnte ich es nicht ertragen.

Ich küsse Dich.

Wenn ich Dich nicht hätte, ich könnte es nicht aushalten.

Geliebter Mann, mache deine Forschungen in Ägypten, aber komm bald zu mir, ich halte es nicht aus ohne Dich. Zu uns, auch Momo braucht Dich.

Deine Dich schmerzlich vermissende und doch bei sich wissende

Isabella

Luigi

Luigi saß ihm gegenüber. Elias stellte fest, dass aus dem schlaksigen, großen, aber unscheinbaren Jungen ein ausgesprochen gutaussehender Mann geworden war. Luigi war ihm immer so schüchtern vorgekommen. Und nun war er tatsächlich Pressesprecher der Stadt München. Erstellte Pressemitteilungen, gab Erklärungen ab, war in Fernsehen, Radio und in allen Zeitungen präsent. Er strahlte eine Sicherheit aus, die Elias dem schüchternen Jungen von früher nie zugetraut hätte. Nun sah er aus wie der Frauenschwarm schlechthin, Dreitagesbart, ein George-Clooney-Abbild.

Luigi war Elias' einziger Freund in der Schule gewesen, der ihn manchmal vorsichtig auf seine sanfte, aber klare Art zurechtgewiesen hatte, der ihm erklärt hatte, er möge doch die Gefühle der Frauen berücksichtigen, der ihn ab und zu von einer seiner Meinung nach zu sensiblen Frau zurückgezogen hatte. Auch bei den seltenen Malen, an denen sie sich wiedertrafen, war diese vertrauensvolle Stimmung dagewesen. Luigi war immer mitfühlend, aber auch ernsthaft, bedenkend. Obwohl das letzte Treffen Jahre her war, spürte Elias sofort dieses gegenseitige respektvolle miteinander Umgehen, das Luigi mit seiner Art auslöste.

„Ist schon seltsam, dass du mich anrufst und dich auch gleich mit mir triffst“, stellte Luigi verwundert fest. „Ich brauchte nämlich genau jetzt einen Freund. Einen echten, der mich kennt und ehrlich ist. Und dennoch einen, der nicht aus meinem näheren Umfeld stammt.“

„Wieso das?“

„Ich bin absolut verzweifelt.“

„Verzweifelt? Dann erzähl.“ Es passte so gar nicht zu dem ruhigen, immer überlegt agierenden Luigi, verzweifelt zu sein.

„Okay, wo soll ich anfangen. Ich habe eine Frau und zwei Kinder. Zwei tolle Kinder, elf und sechzehn.“ Luigi stockte und sah ihn zweifelnd an. „Willst du dir das jetzt wirklich anhören? Und warum eigentlich?“

„Ich will. Erzähl.“

„Meine Ehe ist schlecht. Streit, tägliche Motzereien,

sie blafft mich nur noch an, ich sage gar nichts mehr.“ Luigi hielt inne. „Wenn wir uns nicht streiten, leben wir nebeneinanderher.“

Elias’ Gedanken flogen fort. Wie waren Sabrina und er gewesen? Natürlich, es hatte Alltag gegeben, Streitigkeiten. Übermüdung, als die Kinder klein waren und einen nachts nicht schlafen ließen. Sex wurde unwichtiger. Aber es war immer eine Verbindung zwischen ihnen gewesen. Etwas Inniges, etwas, das ihm sagte, dass sie zusammengehörten. Immerhin hatten sie ihr fünfzehntes Ehejahr noch miteinander gefeiert.

Allerdings waren die letzten drei Jahre auch der Krankheit gewidmet gewesen, dem Kampf gegen den schon fortgeschrittenen Krebs, den Ängsten, den Schmerzen, schließlich, dem Tod vor Augen. Da blieb kein Moment mehr für kleinliche Alltagsstreitigkeiten. Aber er hätte sie gerne noch gehabt, die Alltagsprobleme, sogar die Streitereien. Wie sehr wünschte er, er könnte sie noch haben, mit Sabrina.

„Ich habe eine Frau kennengelernt.“

Luigi hatte zuvor noch ein paar Sätze über seine schlechte Ehe gesagt, die in Elias’ Gedankengängen untergegangen waren. Natürlich, eine andere Frau. Wie viele Affären gab es wohl? Wie dumm, wenn man glaubte, dem Alltag mit dem Partner entfliehen zu müssen, dem man doch mal die ewige Liebe geschworen hatte, durch gute und schlechte Zeiten miteinander zu gehen, geschworen hatte. Oder lebten die Menschen heute einfach zu lange, um glücklich siebzig Jahre miteinander zu verbringen? Und das meist ohne wirtschaftlichen Grund.

„Sie ist nicht irgendeine Frau. Sie ist auffallend schön. Wenn sie einen Raum betritt, sehen alle sie an. Weil sie wunderschön ist. Aber vor allem, weil sie vor Ausdruckskraft sprüht, vor Leben und vor Intelligenz. Sie ist sehr klug. Medizinerin, gebildet in allem. Kulturell interessiert, politisch. Sie ist redegewandt, aber auch emotional, einfühlsam, mit einem großen Herzen und sehr sanft. Sie ist eine Traumfrau. Sie ist meine Traumfrau."

Sind nicht immer die Frauen, die man nicht hat, mit denen man nicht sein Alltagsleben verbringt, die Traumfrauen, fragte sich Elias. Aber er sah Luigi an, der eine tiefe Traurigkeit ausstrahlte. Verzweiflung. Unglück. Er sah plötzlich diesen schönen, klugen Mann vor sich mit einer Frau, ebenso schön und klug wie er, ein perfektes Paar, das die Blicke auf den Straßen auf sich zog. Die eigene Frau, die ihn nahm, als er noch hager und schüchtern gewesen war, hatte vermutlich seiner Weiterentwicklung nicht Stand gehalten.

„Jünger als du?" Als Elias die Frage ausgesprochen hatte, merkte er selbst, wie klischeehaft sie klang.

Doch Luigi nahm es ihm nicht böse. Er lachte und schüttelte den Kopf. „Unwesentlich. Sie ist drei Jahre jünger als ich."

„Ihr habt eine Affäre. Und du fragst dich, was tun?"

Luigi blickte hoch. „Es ist keine Affäre, es ist mehr, viel mehr. Ich liebe sie. Sie ist meine Traumfrau. Ich möchte nichts anderes als mit ihr leben. Sie ist mein Engel. Wenn wir uns treffen, bin ich glücklich. Wir können stundenlang miteinander reden. Wir können miteinander teilen, was uns beruflich interessiert, was uns persönlich berührt, was in Politik und Gesellschaft passiert. Wir nehmen aneinander teil, wir brennen füreinander. Wir lieben uns." Elias sah, dass Luigi nahe am Weinen war. „Ich bin in meiner jetzigen Partnerschaft todunglücklich. Ich habe einfach die falsche Frau geheiratet. Es ist ein Leben ohne Emotion, ohne Wärme, ohne Gespräch. Es ist ein Nicht-Leben."

Elias antwortete nicht. Aber er wusste, wie zerstörend manche Beziehungen auf beide Seiten wirken konnten. Wie Ehepaare sich über Jahrzehnte hinweg bis zur letzten Sekunde gegenseitig kaputtmachen konnten. Er hatte das in seiner Familie miterlebt. Unsagbare Frustration, bei der sich alle Unbeteiligten nur noch fragen, warum nicht endlich einer von den beiden sich dem Entsetzlichen entzieht. Und das zugunsten aller. Denn ein ewiges Zerfleischen war ein unendliches Grauen.

„Sie liebt mich auch. Und trotzdem hat sie mich jetzt verlassen."

„Warum?"

„Weil sie weiß, dass ich meine Familie nicht aufgeben kann und werde."

Elias fragte es nun sehr vorsichtig: „Warum kannst du das nicht?"

„Meine Kinder sind elf und sechzehn. Sie brauchen mich."

Das war zwar so, für die meisten aber auch kein Grund, eine Scheidung aufzuhalten.

„Und meine Frau ist krank. Sie hat Fibromyalgie."

Elias blickte fragend auf. „Fibromyalgie?"

„Ja, diese Krankheit kennt kaum jemand. Obwohl sie gar nicht so selten ist. Es ist eine chronische Krankheit, man hat in Schüben Schmerzen in allen Gliedern, in der Haut und Gelenken. Manchmal kann sie sich kaum noch bewegen."

Elias lag etwas auf der Lippe, aber er wollte es nicht sagen. Auffordernd sah er Luigi an, so dass dieser weitererzählte.

„Manchmal geht es ihr gut, manchmal sehr schlecht, dann kann sie kaum aufstehen. Ich sorge dann für die Kinder, und für sie. Sie braucht mich."

„Die andere Frau hat dich also verlassen, weil du deine Familie nicht verlassen kannst."

Tief innen fragte sich Elias, ob dies vielleicht die beste Lösung sei.

„Ja. Sie will mein Leben nicht gefährden, nicht das meiner Kinder."

„Das ist sehr uneigennützig."

Luigi zog sein Handy aus der Tasche. „Das hat sie mir geschrieben."

Er begann vorzulesen.

> Luigi, es waren die absolut wundervollsten Stunden und Tage meines Lebens mit dir. Nichts hätte perfekter sein können.

Aber deine Frau ist da. Und es geht ihr wieder einmal sehr schlecht.

Sie weiß nicht, wie sehr eine andere Frau dich liebt, wie sehr ich dich liebe.

Und genau deswegen sollte jetzt Schluss sein.

Denn ich werde diejenige sein, die über Jahre stirbt.

Du wirst deine Frau nicht verlassen, du kannst es nicht, auch nicht, wenn deine Kinder aus dem Haus sind. Weil du eine kranke Frau hast. Alle deine drei können nicht leben ohne dich. Und du bist ein wundervoller Familienvater, der allerbeste.

Auch du sollst nicht leiden, nicht zerrissen sein, der ‚Teufel' bin ja doch ich. Wenn ich fort bin, ist alles wieder gut.

Lass uns denken, das mit uns ist nur eine ‚Amour fou'. – Wir haben uns eben einfach zu spät getroffen.

Aber ich kann doch nicht Jahre, jahrzehntelang bis zu meinem Tod leben ohne dich, immer nur warten auf dich. Sechs Tage Sehnsucht, damit ich dich dann sehen kann für eine Stunde, vielleicht. Luigi, ich kann es nicht aushalten. Nicht mein Leben lang.

Mehr Zeit für Sehnsucht und Vermissen und Leid haben als für Glück.

Und ich darf die Deinen nicht mit meinem Glück gefährden. Nicht deinen quirligen Sohn, der dich so sehr braucht, nicht deine kluge Tochter, die dich ebenso braucht, nicht sie, die dich braucht, und will.

Du bist ein wundervoller Familienvater und später einmal wirst du sehen, dass es das einzig richtige war, den Ausflug mit mir nur kurz gegangen zu sein und dann zu deiner Familie zurück, die dich erfüllt und glücklich macht und die du glücklich machst. Die der Sinn deines Lebens ist.

Lass mich gehen. Ich liebe dich. Lass mich gehen, weil ich dich liebe.

Ich hatte diese Stunden mit dir.

Für immer.

Melancholia.

Plötzlich schwang etwas in Elias um. Da war eine Frau, die den Mann, den sie liebte, aufgab. Um seiner Willen, damit er nicht zerbrach. Damit seine Familie standhielt.

„Sie kann eben auch nicht mit mir nur stundenweise leben, weil sie das nicht aushält, mehr will. Aber ich werde nie mehr glücklich sein können ohne sie."

Elias sah Luigi an und eine Traurigkeit überschwemmte ihn. Nein, er wusste keine Lösung. Würde

Luigi sich trennen, wäre seine Frau allein. Seine Kinder würden davon Schaden nehmen. Es gibt keine Trennung, ohne den Kindern zu schaden. Trennte Luigi sich nicht, bliebe es für ihn ein Leben, das nicht mehr glücklich sein würde. Elias kannte die Ehen, in denen ein Ehepartner sich einfach abschaltete, nur noch fort sah, der andere vielleicht ständig nur stritt. Ehepaare, die sich aneinander aufrieben und täglich zerstückel-ten. Aber keine Lösung war die ‚richtige', beide Wege waren auch falsch.

Keinem von diesen Menschen konnte er helfen. Er hatte plötzlich den Eindruck, es gab keine Lösung, keine Hilfe, keine Rettung, für niemanden, nicht für Luigi, nicht für dessen Frau, nicht für die Frau, die nicht nur Affäre sein mochte. Und die ihn aufgab, damit er wieder zu seiner Familie zurückkehren konnte.

Elias blickte traurig auf den Tisch. Zuhören konnte er, da sein. Mehr nicht. Doch hier gab es keine Hilfe, keine Lösung, für niemanden, so schien es ihm.

An diesem Abend rief er Rosie an. Er kam nicht von den Gedanken an Luigi los und an die Frau, die ihn liebte und die er liebte und die dennoch nie zueinanderkommen konnten.

Und plötzlich hatte er genau gewusst, mit wem er darüber sprechen wollte, bei wem er nun sein wollte.

Er hatte Rosie in ein kleines Restaurant im Glockenbachviertel eingeladen, in dem er schon ewig nicht mehr war und das er eigentlich sehr liebte. Das Essen war eine seltsame und wundervolle Mischung aus Morgenland und Abendland. Orientalisch, arabisch oder jordanisch – das Essen war schwer einem Ursprungsland zuzuordnen. Alles jedoch schmeckte. Rosie hatte das Restaurant nicht gekannt und stieß spitze kleine Begeisterungsschreie über die silbernen Mokkatassen und Kristallgläser aus. Sie entschied sich für einen der hausgemachten Tees und „Maria in der Schawarmaria", geröstetes Fladenbrot mit Hummus, Avocado, Schafskäse und Rucola. „Wie das schon klingt: ‚Scha-war-ma-ria'!" Sie spitzte ihren Mund und genoss jeden der warmen A-Laute. Elias sah sie an und spürte, dass sie eine Wärme in ihm auslöste, ein Gefühl, wie zur Ruhe zu kommen, zu sich zu finden.

„Meine letzte Reise führte mich nach Israel", begann sie zu erzählen. „Weißt du, ich liebe meine Arbeit, weil ich Menschen helfen kann, den manchmal schönsten Teil ihres Jahres zu gestalten. Ihren Urlaub." Sie kicherte. „Manchmal ist es auch der schlimmste ... meist gibt es in Familien Streit im Urlaub. Da sitzen sie nämlich plötzlich alle ganz nahe aufeinander und müssen sich miteinander auf engstem Raum auseinandersetzen."

„Das kann ich mir gut vorstellen", schmunzelte Elias.

„Aber wenn man für jeden die richtige Reise findet, ob Entspannung am weißen Traumstrand oder eine Kulturreise durch die Toskana mit Florenz, Pisa und Siena, oder beides gemischt, dann kann man Menschen glücklich machen."

Er erinnerte sich an die Reisen mit Sabrina und den Kindern. Für eine gelungene Reise gehörte dazu der Strand für die Kinder, ein schönes, ruhiges Ferienhaus für Sabrina und ein wenig Kulturelles für ihn, dann war ein Urlaub rundum gelungen.

„Das zweite wundervolle an meiner Arbeit ist, dass ich viele großartige Reisen an die wundervollsten Orte der Welt unternehmen kann, oft sogar kostenlos oder sehr günstig. Und ich liebe Reisen so sehr!"

Er sah in ihre blitzenden Augen.

„Jedenfalls war ich gerade in Israel. Und es war wundervoll. Ganz anders als ich es mir vorgestellt hatte. Ich hatte nie ein Gefühl von Bedrohung. Tel Aviv ist eine aufregende, lebendige Stadt: die modernen Skyscraper, daneben heruntergekommen alte Gebäude mit Stromleitungen außen an der Fassade. Der mit Palmen besäumte Boulevard und dahinter ein weißer Sandstrand. Und dann Jerusalem. Auch dies, ganz unerwartet für mich, eine moderne Großstadt. Erst wenn man die Tore in die Altstadt durchschritten hat, hat man plötzlich das Gefühl auf uraltem Gebiet zu sein und möglicherweise jeden Moment Jesus zu begegnen." Sie lachte schelmisch.

„Ich war auch schon dort, obwohl es Jahre her ist", sinnierte Elias. „Ich kann deine Begeisterung verstehen, aber die Klagemauer hat mich auch sehr schockiert. Dass dort nur Männer beten dürfen."

„Absolut", stimmte Rosie zu. „Mittlerweile haben die Frauen auch einen Ort an der Mauer, wo sie beten dürfen. Aber er ist viel kleiner." Kurz dachte sie nach.

„Ich habe oft das Gefühl, dass eine Vielzahl von Religionen Frauen unterdrückt. Und gerade die Frauen unterstützen Religiosität oft noch mehr und fanatischer als Männer. Sie schaufeln sich ihr eigenes Grab ..."

„Ich fürchte, du hast recht." Elias nickte.

„Gut. Ich wollte doch etwas ganz anderes erzählen." Rosies Stimme wurde wieder heller und fröhlicher. „In Israel kann man ganz phantastisch essen! In Tel Aviv war ich in einem winzigen Restaurant, nur vier Tische. Daran erinnerte mich die ‚Schawarmaria' gerade. Das Restaurant heißt Shakshukia. Dort gibt es nur Shakshuka."

„Das ist ein Gemisch aus Tomatensauce und Eiern, nicht wahr?"

„Genau! Und es schmeckt herrlich! Man bekommt dazu Weißbrot, das man in dieses suppenartige Gericht eintunken kann. Einfach herrlich!", bestätigte Rosie.

Er erinnerte sich, dass er dieses traditionelle Gericht auch in Israel gegessen hatte. Es hatte ihm geschmeckt, aber er hätte nicht so begeistert davon berichtet wie Rosie jetzt. Er war damals auf einer anstrengenden Forschungsreise gewesen. Es war entsetzlich heiß, er hatte einfach nur Hunger. Und er war allein gewesen.

Hätte er ihr mit ihrer Begeisterung gegenübergesessen, hätte er das Essen sicher ganz anders genossen. Viel zu viel und zu lange war er unterwegs gewesen, fort von der Familie, allein.

Als ein Moment der Stille eintrat, beugte sie sich zu

ihm, berührte ihn zaghaft und doch sehr persönlich am Arm. „Es geht dir nicht gut."

Was er am Telefon angedeutet hatte, berichtete er ihr nun ausführlich.

„Es sind zwei Menschen, die zueinander gehören. Doch nie zueinander finden werden, weil sie sich zu spät getroffen haben."

„Ein Mann, der eine Ehe hat, Kinder, Verantwortung", fasste Rosie dann zusammen.

Die Kellnerin brachte das Essen: Rosies Schwarmaria und sein Lamm-Tajine. Auf schwarzen Tontellern waren die Gerichte wunderschön angerichtet und leuchteten mit grünem Koriander, rotem Granatapfel und weißem Schafskäse wie eine Verheißung aus dem Orient. Mit einem summenden „Mh" genoss Rosie diesen Anblick.

Sie nahmen die ersten Bissen, wobei Rosie kaum aus den ‚Mhs' wieder herauskam. Es schmeckte phantastisch.

Dann legte sie ihm die Hand auf den Arm. „Elias, erzähl weiter." Sie hatte zum ersten Mal seinen Namen gesagt. Und es klang anders als bei allen anderen. „Elias", er träumte wohl. „Erzähl weiter", forderte sie ihn noch einmal auf. „Zwei Menschen sind da also, die nicht zueinanderfinden können."

„Genauso ist es."

„Was genau ist es, das dich so mitnimmt?", fragte sie vorsichtig nach.

„Die Tragik. Etwas unendlich Schönes geschieht: Liebe. Und es darf nicht geschehen."

Rosie blickte ihn aufmerksam an: „Denkst du, Liebe gibt es nur einmal?“

„Die große Liebe schon.“ Er zögerte. „Oder?“

„Weißt du, dass Romeo und Julia, kurz bevor sie sich trafen, noch anderweitig verliebt waren?“

„Nein.“

„Shakespeare wusste viel von den Menschen. Und von der Liebe.“

„Du meinst, es gibt mehrere große Lieben?“

„Ach, Elias, ich weiß es nicht genau.“ Sie nahm einen Schluck von dem Bier und stellte das Glas langsam wieder auf den Tisch. „Ich hatte einmal einen Freund, den ich anfangs sehr liebte. Doch nach langen sieben Jahren merkte ich, dass wir uns auseinandergelebt hatten. Es ging nicht mehr. Ich trennte mich von ihm und ließ ihn sehr unglücklich zurück. Dann gab es einen Mann, den ich für die große Liebe meines Lebens hielt. Nach einem halben Jahr ging er. Die Liebe ist wankelmütig, unzuverlässig. Auf jeden Fall gibt es viele kleine Lieben, auf jeden Fall gibt es ganz große Lieben, die dennoch der Zeit nicht standhalten, es gibt Lieben, die gepflegt und gehegt werden und deswegen ein Leben lang halten und vielleicht gibt es dort draußen auch die ganz große, einzigartige Liebe.“

Eine Gruppe von sich laut unterhaltenden Jugendlichen zog an ihnen vorbei, um sich im hinteren Teil des Restaurants einen Sitzplatz zu suchen. Sie nutzten den lärmenden Zug, der sich in dem kleinen Raum an ihnen vorbeidrängte, um zu schweigen und nachzudenken.

„Vielleicht war die Frau, die er geheiratet hat, damals auch seine große Liebe. Vielleicht wird sie es wieder sein, wenn die andere geht. Wer weiß das schon? Auf jeden Fall ist dieser Mann ein Mensch, der Verantwortung auf sich nimmt, für seine Kinder, für seine kranke Frau, der er mal die Ewigkeit versprochen hat, ein guter Mann. Ich glaube, das kann nicht falsch sein."

„Und wenn alle dabei unglücklich werden? Auch seine Frau?"

„Dann sollte er sich trennen. Denn manchmal muss man auch gehen, damit wieder Frieden eintreten kann, und Glück. Aber das kann nur er selbst erfühlen."

Auf der Heimfahrt war es leise im Auto. Aber es war ein gemeinsames Schweigen, eines, das verband, das die Tiefe nicht durch Lärmen übertönen musste.

Als Elias sie an der Tür mit einem Kuss verabschieden wollte, hatte Rosie einfach „Komm" gesagt. Wortlos hatte sie ihn bei der Hand genommen und die Treppen hinaufgezogen. Die Tür auf- und wieder zugeschlossen. Hinter ihnen. Und ihn dann umarmt. Seine Hände hatten sie so umfasst, dass sie sich hinter ihrem Rücken kreuzten, dass er sie so festhielt wie schon lange nichts mehr.

Kurz löste sie sich aus dem Kuss. „Das fühlt sich so gut an wie nichts in meinen letzten Jahren."

„Auch nicht wie die Polarlichter?"

Sie lachte ihr helles Lachen.

Fibromyalgie ist ein Syndrom mit Schmerzen in verschiedenen Körperregionen. Dazu kommen meist Schlafstörungen und vermehrte Erschöpfung und Konzentrationsstörungen.

Elias hatte mittlerweile mehrere Artikel über diese Krankheit im Internet nachgelesen. Er wollte sie verstehen, diese seltsame Krankheit, von der er nie zuvor gehört hatte und von der doch zwei Prozent der Bevölkerung betroffen sein sollten. Es gab Webseiten, die die unerträglichen, zehrenden Schmerzen genau beschrieben, die am ganzen Körper aufwallten und nachließen, und die oft eine jahrelange Ärzteodyssee der Leidenden bedeutete, bis die Diagnose gestellt wurde. Die Diagnose jedoch half nur begrenzt, denn behandelt werden können nur die Symptome mit Schmerzmitteln, Massagen und anderen Therapien zur Erleichterung.

Andererseits klangen in den Informationen im Netz immer wieder auch Zweifel durch. Die Diagnosestellung entsteht durch Schmerzempfinden an bestimmten Triggerpunkten. Man schließt andere Krankheiten aus und diagnostiziert dadurch die Fibromyalgie.

Elias als Wissenschaftler missfiel dies. Er versuchte genau zu verstehen, wie eindeutig anerkannt diese Krankheit war. Die Seiten sprachen von genereller Schmerzsensibilität dieser Menschen. Das bedeutete, sie spürten immer schon Schmerz mehr als andere. Die Ursachen wurden teils in psychologischen Auslösern, teils in rheumatologischen Ursachen oder auch durch Krankheiten wie Borreliose gesehen. Elias schüttelte den Kopf. Das war sicherlich keine eindeutige Krankheit wie ein Tumor, ein Beinbruch oder Diabetes. Es war eine zumindest psychisch bedingte oder verstärkte Krankheit.

„Papa, sagst du mir Gute Nacht!“, hörte er Leo aus dem Kinderzimmer rufen.

„Ich komme gleich!“

„Du erklärst mir nun seit einer Stunde diese Krankheit. Fibromyalgie. Und ich finde es auch hoch spannend.“ Rosie hielt einen Moment inne. „Aber was ist der Grund, dass du nicht loslassen kannst? Dass es dich persönlich so beschäftigt?“

„Du hast recht. Es hat für mich persönlich eine sehr große Bedeutung. Die Frau des Mannes, von dem ich dir erzählt habe. Der seine große Liebe getroffen hat, aber bei den Kindern und seiner kranken Frau bleiben will, hat diese Krankheit.“

„Ja. Und?“ Sie sah ihn fragend an.

„Und die Frau von den Briefen hatte diese Krankheit auch.“

„Puh.“ Rosie ließ die Luft langsam aus dem Mund. „Jetzt verstehe ich.“

„Prinzipiell gelten für mich psychische wie physische Krankheiten gleich, ich wiegele nicht die seelischen als nicht ernst zu nehmen ab.“ Er stützte seinen Kopf in die Hände. „Aber, ich finde, man muss sie anders einordnen und ihnen begegnen. Wenn vorrangig der

Körper der Auslöser ist, muss man den Körper vorrangig behandeln. Und wenn vorrangig der Geist, dann den Geist."

„Nein, das glaube ich nicht unbedingt", widersprach Rosie nachdenklich. „Das ist eine rein theoretische Trennung. Körper und Geist sind immer eine Einheit. Es gibt keine Krankheit ohne die andere. Nicht einmal die uns so eindeutig erscheinenden wie Krebs oder Beinbruch. Alles hat, als Auslöser und bei der Heilung, auch psychische Faktoren."

„Ja, schon." Elias sprach nicht weiter.

„Ich glaube, du hast etwas anderes im Kopf. Wenn die Frau von den Briefen auch Fibromyalgie hatte, fragst du dich, ob es nicht vielleicht einfach eine psychische Krankheit bei ihr ist."

Elias nickte.

„Was würde dir das dann sagen?"

„Dass sie eben nicht vorrangig körperlich krank ist, sondern psychisch."

„Ich versuche wieder, dich zu verstehen. Wenn du jetzt in deinem Kopf gesichert festlegen könntest, dass die Frau schon immer psychisch krank war, vermutlich depressiv, später dadurch die Fibromyalgie entwickelt hat ..." Rosie sprach nicht weiter. Als ob sie sich selbst in diesem Gedankengang unterbrochen hätte und ihn nicht aussprechen wollte.

„dann ...", forderte Elias sie zum Weitersprechen auf.

„Nein. Du musst sagen, was du denkst", erklärte Rosie bestimmt.

„Gut, du hast recht." Er versuchte, seine Gedanken

und Gefühle zu sammeln. „Ich beginne noch mal sachlich: Schmerz ist zum Teil erlernt. Wenn jemand von seinem Gegenüber für sein Schmerzverhalten Zuwendung erhält, verstärkt sich der Schmerz."

Rosie schmunzelte ihn ein wenig an. „Okay, Herr Professor Brand. Das Sachliche habe ich verstanden. Sag mir, worin dein persönlicher Punkt liegt."

„Gut, ich versuche es." Offensichtlich hielt er sich immer noch gerne an den Fakten fest. Aber Rosie hatte recht. Es ging ihm um etwas anderes. „Also. Luigis Frau hat Fibromyalgie. Vielleicht aber hat sie auch einfach starke Depressionen, vielleicht auch aufgrund der schlechten Ehe."

„Was hieße das dann?"

„Dass Luigi nicht in der Verantwortung steht, sein Leben lang einer körperlich kranken Frau beizustehen, sondern dass vielleicht auch ihr ein Ende einer unglücklichen Ehe nicht schlecht tun muss."

„Aha." Man hörte Rosie an, dass sie mit der Schlussfolgerung nicht ganz zufrieden war. „Und was heißt es in Bezug auf deine Briefeschreiberin?"

„Dass sie schon lange psychisch krank war. Dass ich vielleicht ein Auslöser für Traurigkeit war. Sicher der, um Briefe zu schreiben. Dass die Krankheit aber schon vorher da war. Vielleicht auch aus ganz anderen Gründen. Nicht wegen mir. Dass sich die Depressionen später in Fibromyalgie wandelten. Auch dies nicht wegen mir. Und dass sie sich das Leben nahm –"

„– auch dies nicht wegen dir", beendete Rosie seinen Satz.

Apfelkuchen. Der Duft verbreitete sich im Raum wie eine warme Wolke, die Anne umhüllte. Es waren Frau Auerbachs Bewegungen, die Anne bereits glücklich machten. Ihre Art, den Kuchen auf den Tisch zu stellen. Wie sie hinter Annes Stuhl lief und sie plötzlich herzlich an den Schultern fasste, bevor sie sagte: „Na los, schlag zu." Und Anne ein großes Stück auf einem Teller hinschob. Sie mochte den Duft von Apfelkuchen. Und den Duft von Frau Auerbach. Plötzlich hielt die Gabel vor ihrem Mund wie von selbst. Sie wusste nicht mehr, wie ihre Mutter gerochen hatte. Keine Ahnung. Die Gabel schwebte in der Luft. Bis Anne sie in den Mund schob.

„Frau Auerbach, ich hätte gerne, dass Sie mal zu uns zum Kaffee kommen. Dass Sie Leo kennenlernen. Und meinen Vater."

„Wirklich?"

„Ja."

„Ich komme sehr gerne."

Mein geliebter Elias,

nun bist Du also in Amerika. Indianerland nenne ich es liebevoll.

Natürlich musst Du dann nur die Augenbrauen hochziehen und ich weiß, dass Du möchtest, dass ich sie ‚indigene Völker Amerikas' oder eben Sioux, Apachen oder Cherokee nenne. Ich bin eben doch ein

Kleinstadtkind. Hier bei uns lachen sich die Menschen kaputt, wenn jemand ‚Indigene' sagt. Nein, eigentlich werden sie böse. „Ein Schmarrn" sei das, sagen sie. „Eskimos san Eskimos", habe ich vor kurzem in der Stadt beim Vorübergehen von jemandem im breitesten Bairisch gehört.

Mir selbst fallen all die neuen Worte auch schwer. Und ich weiß, dass Du mir verzeihst, wenn ich unter uns vor Ehrfurcht glühend ‚Indianerland' sage. Aber Du hast mich gelehrt, offen zu sein, zu verstehen, warum Eskimos nicht so genannt werden wollen, warum die sogenannten Indianer auf ihren eigentlichen Namen bestehen. Und man sollte sich denen, die darunter leiden, fügen und nicht nur aus Unlust, sich umzugewöhnen, beim Althergebrachten bleiben. Man sollte offen sein, anderen Menschen zuhören, sich selbst noch weiterentwickeln. Nun, hier in der Kleinstadt geht das noch viel weniger als in großen, jungen, offenen Städten.

Du lebst soeben auf dem Gebiet der Ureinwohner Amerikas. Ich stelle mir vor, wie sie vor hundert Jahren dort Rast machten, wie sie die Tiere für Pelze häuteten, Feuer machten und Fleisch darüber brieten. Du besichtigst Fundorte von Pfeilspitzen und Scherben, obwohl Du Zweifel hast, etwas Neues dabei zu entdecken. Ich sage Dir ganz ehrlich, mein Lieber, ich glaube, Dich treibt eher Deine Liebe für die Magie als Dein Forscherdrang dorthin. Du schriebst, Du wohnst in der Nähe eines Pow-Wow. Eigentlich ist es das, das

Dich dorthin zieht, glaube ich. Es ist warm bei Dir. Nimm Dir einen Schlafsack und übernachte dort. Atme die Magie des Ortes ein. Ich weiß, dass es das ist, was Du gerade brauchst. Du musst Kraft schöpfen, Energie sammeln, zu viel stürzt zurzeit auf Dich ein, drückt Dich nieder.

Der Ort des Pow-Wow wird etwas mit Dir tun, Deinen Geist, Deine Seele, mit Kraft füllen.

„Zeige deine Wunde“, sagt der Schamane Beuys.

Ich habe gerade nachgeblättert. Das Folgende hat er geschrieben. Es passt zu Dir:

Laß dich fallen,
lerne Schlangen beobachten,
pflanze unmögliche Gärten.
Lade jemanden Gefährlichen zum Tee ein,
mache kleine Zeichen, die „Ja“ sagen und
verteile sie überall in deinem Haus.
Werde ein Freund von Freiheit und Unsicherheit.
Freue dich auf Träume.
Weine bei Kinofilmen,
schaukle so hoch du kannst mit deiner Schaukel bei Mondlicht.
Pflege verschiedene Stimmungen,
verweigere „verantwortlich zu sein“,
tue es aus Liebe.
Glaube an Zauberei,
lache eine Menge,
bade im Mondlicht.

Träume wilde phantasievolle Träume,
zeichne auf die Wände.
Lies jeden Tag.
Stell dir vor, du wärst verzaubert,
kichere mit Kindern,
höre alten Leuten zu.
Spiele mit allem,
unterhalte das Kind in dir,
du bist unschuldig,
baue eine Burg aus Decken,
werde naß,
umarme Bäume,
schreibe Liebesbriefe.

Joseph Beuys - Lass dich fallen

Und schicke mir dann ein paar Strahlen und Energie durch den Äther.

Deine Dich liebende
Isabella

Elias hob den Pizzastein in den Gasgrill auf dem Balkon. Gleich würden die Kinder kommen und beide liebten Pizza vom Grill wie nichts anderes, da war kein Besuch im Restaurant mehr nötig. Es war das einzige Gericht, das er wirklich gut konnte. Die Entwicklung dieses Pizza-Rezeptes war eine Art Therapie für ihn und seine Kinder nach Sabrinas Tod gewesen. Jedes

Wochenende hatten sie sich Zeit genommen, gemeinsam daran herumzutüfteln und es wieder zu verbessern. Es war gemeinsame Zeit, versunken in der Arbeit des Kochens, gemeinsam etwas entstehen zu lassen. Am optimalen Teig hatten sie lange getüftelt, wie viel Mehl, eine Prise Zucker, nur sehr wenig Hefe und Olivenöl. Der Teig wurde dünn und knusprig. Auch die Tomatensauce war über Monate ausprobiert worden, bis sie ihren Vorstellungen exakt entsprach. Passierte Tomaten, Salz und Pfeffer, ein Hauch Zucker, Rosmarin und Oregano und ein Schuss Balsamico. Das Ganze musste möglichst über Stunden einköcheln, dafür konnte man es dann auch einfrieren und mehrfach portioniert benutzen. Als Belag nur wenig, für Leo ein paar dünne Scheiben Salami, für Anne nur Käse, und zwar nur Mozzarella. Er selbst liebt dazu auch noch die Birnen-Gorgonzola-Variante.

Er knetete den Teig noch einmal durch, als es klingelte. Elias öffnete die Tür und Leo sprang in seiner fröhlich hüpfenden Art herein. Sofort sprudelte er los, was alles in der Schule geschehen sei. Auf dem Pausenhof sei der Fußball doch tatsächlich der Lehrerin gegen den Rücken geknallt, die sei stöhnend zusammengebrochen, was Leo genüsslich vorspielte. Aber es sei gar nicht so schlimm gewesen. Die mittelprächtige Mathearbeit erwähnte er nur kurz. Dafür umso ausführlicher das Fußballspiel im Sport, in dem völlig ungerechtfertigterweise aufgrund zahlreicher Fouls die gegnerische Mannschaft gewonnen habe.

Als er den Pizzateig sah, brach Leo in spitze Jubelschreie aus. Elias strich ihm über den Kopf.

„Ich mag als Nachtisch mal Apfelkuchen."

„Apfelkuchen? Das kann ich nicht. Wie kommst du denn darauf?"

„Wie Anne immer."

„Wie Anne immer? Wo isst sie denn Apfelkuchen?"

„Bei der Nachbarin."

„Bei der Nachbarin?" Elias hielt inne.

Leo steckte den Finger in die Tomatensauce und leckte ihn ab. „Ist ja egal." Irgendwie klang es für Elias so, als ob Leo plötzlich bewusst geworden war, dass er das nicht hätte sagen sollen.

Musste ihn das jetzt beunruhigen? „Welche Nachbarin?"

„Die wohnt hier irgendwo."

„Warum hat Anne mir das nie erzählt?"

Leo zuckte mit den Schultern. „Ich darf nicht mit. Sie will die irgendwie für sich alleine haben."

Elias wurde argwöhnisch. „Hat die Frau vielleicht auch einen Mann?"

„Nein. Das hat Anne jedenfalls nie erzählt. Die macht einfach gerne Apfelkuchen, glaube ich."

Es gefiel Elias nicht, überhaupt nicht. Warum ging Anne irgendwo hin und erzählte es ihm nicht? Er hatte einfach zu wenig Zeit für die Kinder. Er hielt inne im Kneten. Und er war eben keine Mutter. Er konnte keinen Apfelkuchen backen.

Vielleicht brauchte sie einfach eine Mutter.

„Leo, fehlt dir Mama?"

Leo gab einen seltsamen Pfeifton von sich.

Elias nahm seinen kleinen Sohn hoch und setzte ihn auf die Küchentheke. „Leo, fehlt dir Mama?“

Sein Sohn sah fort.

Du meine Güte, seine Tochter ging zu einer fremden Frau, ohne es ihm zu sagen und sein Sohn litt offensichtlich immer noch unter dem Tod seiner Mutter. Es traf Elias mitten ins Herz.

„Sie fehlt dir also sehr.“

„Ach, Papa.“ Leo wagte nicht einmal mehr ihm in die Augen zu sehen. „Ich kann mich doch gar nicht mehr an sie erinnern. Wie soll sie mir denn da fehlen?”

Elias stand wie versteinert. Nein, er kannte seine Kinder überhaupt nicht. Sie fehlte Leo nicht sehr. Sie fehlte ihm gar nicht. Und das war es, was er vor seinem Vater nicht zugeben wollte.

„Und wenn ich eine neue Frau hätte? Eine ...“, er zögerte, “eine neue Mutter für dich?“

Leo sprang leichthin vom Tresen herunter. „Wenn sie Apfelkuchen machen kann, ist es okay.“

Langsam rührte Elias die Tomatensauce um, als ob er sie nicht schon längst genug gerührt hätte.

Mein geliebter Elias,

ich bin gerade mit Momo am Basketballplatz von Bruckmühl vorbeispaziert. Ein paar Jungs hatten sich dort zusammengefunden, ohne Trainer, und spielten miteinander. Ich bin ganz langsam gelaufen, um ihren Spaß zu erspüren. Auch die Kraft des Sportes, wenn Jugendliche ihn ausüben. Spaß und Kraft.

Dann musste ich natürlich an die Basketballspiele der alten Mayas denken, von denen Du mir berichtet hast. Du bist gedanklich schon weiter. Du suchst jetzt die Tempel und vor allem die Beerdigungs- und Totenkulte, die Dich so interessieren. Aber ich hänge noch an diesen uralten Spielen. In meinem Kopf werden sie real. Ich stelle es mir genau vor:

Wie ich jetzt, stehen sie unter der brennend heißen Sonne auf dem großen Spielfeld von Chichén Itzá. Sie sammeln sich, denn es geht um die Ehrerbietung für die Götter, es geht um Leben und Tod. Der Schamane sitzt mit prächtigen Federn geschmückt am Spielfeldrand und gibt das Signal zum Start. Der kiloschwere Ball aus Kautschuk fliegt durch die Luft. Er darf nicht den Boden berühren, doch auch nicht die Füße und auch nicht die Hände. Die Schultern werden dem Ball entgegengereckt, der Kopf hingehalten, egal wie schwer der Ball auf einen fällt, der Schweiß läuft in die Augen. Ein weiter Sprung. In die steinernen Ringe muss er, sechs Meter hoch. Geübt haben sie dafür, Tag und Nacht. Denn der Preis ist die Ehre der Götter.

Weniger wichtig sollte es sein, doch die Männer sind jung, dass der Preis für das Verlieren ein Menschenopfer aus der Mannschaft der Verlierer ist. Manchmal nur einer, manchmal die gesamte Mann-

schaft. Zusammengeschnürt werden sie die Treppen der Tempel hinuntergeworfen, jene Treppen, auf denen Du soeben stehst.

Es ist mir unangenehm, dass Du zwischen den anderen Touristen diese Treppen hinaufläufst, die doch blutbeschmiert sind. Du willst hinein in den Tempel, aber Du läufst über das Blut der Menschen. Ich will Dich nicht so sehen, solche blutigen Spuren hinterlassend, so gedankenlos sein, so Deine Ziele zu verfolgen, ohne zu denken an die Menschen, die Leidenden, die Toten, die Du hinter Dir lässt. Ich bekomme eine Gänsehaut. Heute kann ich Dir nicht folgen, wie ich es sonst immer tue. Heute bist Du mir ein winziges bisschen fern. Die Schmerzen sind groß.

Deine

Isabella

Luigi

Den ganzen Tag lang hatte Elias mit Luigi Kisten und Möbel in dessen neue kleine Wohnung gebracht. Völlig erschöpft hatten sie sich nun auf zwei Kisten niedergelassen. Luigi blickte sich in dem Chaos um und sah etwas verzweifelt aus.

„Fühlst du dich schlecht?", fragte Elias vorsichtig.

Man sah, dass Luigi in sich selbst hineinspürte. „Nein. Ich bin gerade nur müde.“

„War es sehr schlimm?“ Sie hatten bisher noch nicht darüber gesprochen. Elias war einfach nur gekommen, um ihm zu helfen, als Luigi ihm am Telefon erzählte, dass er heute seine neue Wohnung einrichten müsse.

„Es war nicht so schlimm, wie ich erwartet hatte. Als ich meiner Frau sagte, dass ich jemanden anderen liebe, antwortete sie nur, dass sie dies schon länger vermutete.“

„Keine Wut? Kein Schreien? Keine Vorwürfe?“

Wieder überlegte Luigi. „Nein, es war eher so, als ob es ihr bereits länger klar war. Jedenfalls, dass ich emotional schon lange nicht mehr bei ihr war.“ Er stockte. „Es war fast so, als ob sie innerlich auch erleichtert war, dass es nun endlich zu Ende ist.“

„Ein Leben neben einem Partner her ist auch einfach nur schrecklich. Für beide“, stellte Elias fest. „Und deine Kinder?“

„Der Kleine war perplex. Dann hat er gefragt, ob er mich weiterhin sehen kann, und ich habe ihm erklärt, dass ich in Laufnähe wohnen werde und dass er immer und jederzeit und auch über Nacht kommen kann. Wann immer er will. Dass meine Frau dem auch zugestimmt hat. Dies schien ihm zu genügen. Er spielte weiter.“

„Und die Große?“

„Zuerst hat sie gar nichts gesagt. Ich hatte Angst, dass sie gleich schreit oder wütet. Oder mich nie mehr sehen will.“

„Und dann?“

„Später, als meine Frau nicht mehr dabei war, hat sie sich einfach nur neben mich gestellt, ohne mich dabei anzusehen und gesagt: ‚Papa, es ist richtig so, ich halte die Streiterei auch nicht mehr aus.‘ Ich habe sie zweifelnd angesehen. Daraufhin hat sie noch einmal genickt. ‚Du hättest es schon längst tun sollen.‘“

Elias war verwundert. „Vielleicht sind Kinder viel klüger als man selbst.“

Dann hörte man einen Schlüssel in der Tür drehen und es erschien eine Frau. Groß, dunkelhaarig, mit einem sehr lieben Lächeln auf dem Gesicht. „Oh. Sie sind der Freund, der Luigi beim Umzug geholfen hat?“

Elias streckte ihr die Hand hin. „Elias.“

„Antonia“, stellte sie sich vor.

Spontan umarmte er sie. „Schön, dich kennenzulernen.“

Sie schien überrascht. „Du bist der erste Freund, den ich von Luigi kennenlerne.“ Sie suchte nach Worten. „Ich hatte Angst vor jeder Begegnung mit seiner bisherigen Welt. Danke“, sagte sie.

Dann kam Luigi, nahm sie in die Arme und küsste sie. „Antonia, herzlich willkommen in unserer neuen Wohnung.“

Elias trat einen Schritt zurück, um die beiden nicht in diesem Moment zu stören. Sie sahen unendlich glücklich aus.

Ein wenig beneidete er sie.

Tsveta

Tsveta Zankova. Dieser Name war ein Problem. Es gab einfach zu viele davon. Aber sie war eine der allerwichtigsten von seiner Liste. Unbedingt musste er sie treffen. Auch wenn er nicht glaubte, dass sie so in ihn verliebt gewesen war wie Isabella, und auch wenn er wusste, dass sie gar nicht so lange Zeit nach ihm bereits den nächsten Freund hatte, er musste sie finden.

„Anne, Leo, ich möchte mit euch einen Kurzurlaub machen. Nach Bulgarien."

„Urlaub – ja!" Leo sprang vor Begeisterung vom Abendbrottisch auf und schmiss dabei seine Gabel auf den Boden.

Anne hob sie langsam auf, nahm auch noch den Brotkrümel hoch und sagte: „Papa, jetzt bist du langsam total übergeschnappt. Wer bitte macht Urlaub in Bulgarien?"

„Wir!", grinste Elias. „Ich habe euch doch erzählt, dass ich im Studium für ein Semester in Bulgarien war. Ich würde euch gerne Sofia zeigen, es ist eine prächtige Stadt. Und es gibt ein paar wunderschöne kleine Orte um Sofia herum."

„Papa", wie immer durchschaute Anne alles kühl. „Du hattest da eine Freundin. Willst du zu der?"

Warum eigentlich konnte man diesem Kind niemals etwas vormachen? „Ja, auch."

„Papa sucht ne Frau." Leo, immer noch jubelnd, sprang um den Tisch herum.

„Quatsch." Anne war empört. „Setz dich hin. Wir essen zu Abend." Wie eine strenge Mutter, stellte Elias wieder einmal fest. Viel zu ernst, viel zu viel Verantwortung tragend.

Doch plötzlich änderte sich Annes Haltung. Als ob sie erst nachdachte und sich dann straffte. „Gut, wir fahren nach Bulgarien."

Ein ungutes Gefühl kam in Elias auf. Ein sehr ungutes. Wollte Anne jetzt doch den einsamen Vater verkuppeln? Ihm eine Frau zugestehen, sie für ihn wünschen? Dieses Kind, wann dachte sie je an sich selbst? Sollte er das nun richtigstellen? Dass er Tsveta auf keinen Fall als Frau für sich suchte, sondern weil sie zu den Menschen auf seiner Liste gehörte?

„Wann?", fragte Anne.

„Übernächstes Wochenende? Da habt ihr doch Freitag und Montag auch noch schulfrei. Das würde genügen. Wir nehmen einen Flug."

„Ja." Es war ein Jubelschrei, den Leo jetzt von sich gab.

„Gut", erklärte Anne. Keinen Widerspruch duldend.

Ob das Ganze nicht etwas voreilig gewesen war? In der Studentenbude von damals würde sie nun sicherlich nicht mehr wohnen.

Es gab eigentlich nur eine einzige Chance. Sein bulgarischer Freund Konstantin. Mit ihm war er auf Facebook befreundet.

Drei Minuten später hatte er ihn am Telefon, nachdem Konstantin online gewesen war und ihm sofort seine Nummer genannt hatte.

„Das ist wirklich eine schöne Überraschung, dass du mich anrufst!“ Die Freude in Konstantins Stimme war so echt, dass allein dies schon diesen Anruf lohnenswert machte. Sie plauderten über alte Zeiten und was jeder heute so machte. Konstantin war sehr traurig, von Sabrinas Tod zu hören. Einmal hatten sie sich in München zu viert, mit Ehefrauen getroffen und einen feucht-fröhlichen, sehr langen Abend mitein-ander verbracht.

„Ich wollte dich etwas fragen. Ehrlich gesagt, um etwas bitten.“

„Schieß los, Elias!“

„Ich suche Tsveta. Tsveta Blazeva.“

„Also, wenn du wieder mit ihr anbändeln willst, vergiss es. Die hat noch zu Ende des Studiums geheiratet. Einen Zankov. Als Frau heißt sie also Zankova. Ganz ehrlich. Und der war besser für sie als du Filou.“

„Das wusste sie damals ja schon ganz genau. Hast ja recht. Sie hat ja mit mir Schluss gemacht!“

„Recht hatte sie. Deswegen spannst du sie jetzt auch nicht ihrem Mann aus.“

„Nein. Das will ich nicht. Ich suche keine neue Frau. Aber ich würde sie gerne treffen. Oder mit ihr telefonieren. Ich wüsste gerne, was aus ihr geworden ist. Weißt du, sie war ja doch meine große Jugendliebe. Vor meiner Frau. Und ich finde, man sollte sich nicht verlieren, wenn man so eng beieinander war."

„Ganz ehrlich, Elias, irgendwie hätte ich ein dummes Gefühl, wenn ich da suchen soll. Außerdem weiß ich wirklich nicht, wo sie wohnt, also eine Tsveta Zankova, entschuldige, aber da hast du keine Chance, sie zu finden. Das ist wie Andrea Müller in Deutschland. Die Einwohnerdaten sind bei uns oft genug immer noch nur auf Papier. Also, ich sehe da wenig Chancen."

„Das habe ich mir auch gedacht. Aber ich habe eine Idee."

„Elias, was soll das? Du willst deine alte Liebe wieder aufwärmen?"

„Nein. Also, pass auf. Ich will, dass du in das Dorf ihrer Eltern fährst. Ilyana und Tzanko Blazev. Das Dorf Balsha liegt eine halbe Stunde von Sofia entfernt. Ich weiß die Straße nicht mehr, aber es wird nicht schwierig sein, sich dort nach Ilyana und Tzanko durchzufragen. Ich möchte, dass du dort hinfährst und ihre Eltern nach Tsvetas Adresse fragst. Für mich." Elias konnte den Widerwillen Konstantins durch das Telefon spüren. „Ich erkläre dir, warum. Ich will sie fragen, wie es ihr geht. Weil ich Verantwortung für sie habe. Weil sie auf meiner Liste steht."

Eine halbe Stunde später versprach Konstantin ihm, noch diesen Abend nach Balsha zu fahren.

Lieber Elias,

es tut mir so entsetzlich leid, dass ich Dich bei der Beerdigung Deiner Mutter nicht begleiten konnte. Aber ich muss leider sagen, dass die Ärzte recht hatten. Ich kann mich immer noch kaum auf den Beinen halten, ich hätte es nicht geschafft. Aber ich weiß, dass Du es verstehst, mir sogar verboten hattest, aus dem Bett aufzustehen.

Du hast es mir ja nach Deiner Rückkehr genau beschrieben. Die Schneeflocken, die auf die grauen Grabsteine fielen und alles verwischten. Ich konnte diese Eiseskälte spüren. Es tut mir so entsetzlich leid, dass ich nicht bei Dir sein konnte. Bei diesem unendlichen Strom an Trauergästen, dem langen Defilee der schwarz eingehüllten alten Frauen. Ich weiß, dass Du ihrer echten Trauer misstraust und eher an ihren Wunsch nach dem bayrischen Leichenschmaus glaubst. Ich wäre gerne bei Dir gewesen, meinen Arm an Deinem, und hätte Dir vermittelt, dass nicht wichtig ist, warum sie da sind. Sondern dass es gut ist, dass sie da sind. Dass eine große Menge Menschen gemeinsam trauert. Vielleicht ist das sogar eines der guten Dinge an Kleinstädten. Aus welchem Grund auch immer, man tut die Dinge gemeinsam. Man verabschiedet Menschen vom Leben gemeinsam. Und das ist gut so.

Ich bin so froh, dass wir für Deine Mutter einen Platz auf dem Waldfriedhof finden konnten, und dann auch noch nahe der Mangfall. Ich werde nun bei meinen Spaziergängen mit Momo an der Mangfall auch bei ihr vorbeigehen.

Ich sehne mich so nach Dir. Du musstest so schnell nach der Beerdigung wieder fort. Ich stelle mir vor: Du bist müde, angeschlagen von der Beerdigung.

Ich wiederum bin sehr, sehr traurig über Momo.

Und dann ist da ein Bett, in das Du und ich gehören, wir ziehen die Bettdecke über uns, ich kuschle mich in Deine Arme, so dass man nicht mehr sehen könnte, dass es zwei Menschen sind und nicht einer. Wir bewegen uns kaum, manchmal spüre ich ein leichtes Streicheln Deiner Hände auf meinem Rücken. Wir sprechen nicht, es ist nicht nötig. Ich liege lange wach, ich kann nicht schlafen, aber es macht nichts, ich bin traurig, aber in Deinen Armen gut aufgehoben, dort wo ich hingehöre, und, was immer geschieht, ist dort richtig. Ich spüre Deinen Atem, und irgendwann schlafe ich ein. Weil Du bei mir bist.

Deine
Isabella

„Liebe Tsveta, ich habe deine Adresse von deinen Eltern bekommen.

Erst einmal: keine Angst. Ich will nichts von dir. Auch wenn du meine erste große Liebe warst und ich dich so immer in Erinnerung halte. Ich weiß über Konstantin von deinen Eltern, dass du glücklich verheiratet bist und einen Sohn hast. Auch ich habe zwei wunderbare Kinder: Anne und Leo. Ich suche, warum erkläre ich dir gerne persönlich, wichtige Menschen aus meiner Vergangenheit, weil ich es schade finde, solche Menschen, die man auf seinem Lebensweg traf, aus den Augen zu verlieren.

Ich würde gerne wissen, wie es dir geht. Wenn du magst, ruf mich doch bitte unter der untenstehenden Telefonnummer an. Dein Elias."

Er stand auf und machte sich einen Kaffee, als sein Handy klingelte.

„Elias Brand."

„Tsveta."

Er brauchte eine Sekunde, um es wirklich zu glauben. „Tsveta?"

Sie lachte: „Ja. Oder war es eine andere Tsveta, die du sprechen wolltest?"

„Es gibt nur eine Tsveta in meinem Leben."

„Oha, charmant wie eh und je."

„Nein, keine Angst, ich will dich nicht belästigen. Tsveta, wie geht es dir?"

„Wie geht es mir", wieder kam dieses glucksende helle Lachen, das er von früher kannte. „Also gerade im Moment muss ich einfach nur verdauen, dass du mich sprechen willst."

„Wenn du es verdaut hast, kann ich dich dann am Wochenende treffen?"

„Ich habe deinen Brief genau an jenem Tag bekommen, an dem wir uns vor fünfundzwanzig Jahren trennten.“

Elias ging etwas von Schicksal und Vorbestimmung durch den Kopf, das er besser nicht verlautbarte. Stattdessen zuckte er nur mit den Schultern.

Seine beiden Kinder und Tsvetas Sohn waren gemeinsam auf den Hof zum Ballspielen gegangen. Obwohl der Junge nur gebrochen Englisch sprach, hatten sie sich auf Anhieb verstanden, und er zeigte ihnen nun das Dorf und die umliegenden Wälder. Tsvetas Mann war noch auf der Arbeit.

Es fühlte sich vertraut an, mit Tsveta zu sprechen. Als ob keine fünfundzwanzig Jahre zwischen ihrem letzten Treffen lagen, an dem sie ihm gesagt hatte, dass ihre Beziehung so nicht weiter bestehen könne, wenn er so selten in Bulgarien sei. Was ihn damals aus der Bahn geworfen hatte, denn sie war tatsächlich seine große Liebe gewesen damals. Auch wenn er drei Jahre später Sabrina getroffen und sie fünf Jahre später geheiratet hatte – seine eigentliche, erste große ‚Erwachsenen-Liebe‘, wie er lächelnd dachte.

„Es ist gerade sehr schwierig für mich. Die wirtschaftliche Situation ist schwer. Mein Chef kämpft um jeden Auftrag. Und jedes Mal, wenn er einen verliert, bin ich daran schuld. Elias, das Leben hier ist sehr mühsam. Allzu viel hat sich nicht verändert, seit du da warst.“

Leider hatte auch er diesen Eindruck gehabt bei

seiner kurzen Reise nach Balsha. In Sofia war manche Ecke renoviert. Die Innenstadt, der Platz um die Kathedrale waren prächtig, aber viele Nebenstraßen wirkten auf ihn erschütternd heruntergekommen. Und in den kleinen Städten und Dörfern schien tatsächlich die Zeit stehen geblieben zu sein. Die Häuser unverputzt und grau, die Stromkabel über Putz an den Häuserwänden wild verlegt. Immer noch gab es Eselskarren auf den Straßen. Als ob die Zeit tatsächlich stehen geblieben war.

„Wäre es eine Option für dich, nach Deutschland zu kommen?"

„Nein." Er spürte förmlich, wie Tsveta den Kopf schüttelte. „Mein Mann arbeitet hier als Elektriker. Und unser Sohn gehört hierher."

Das konnte Elias gut verstehen. Seine Kinder hätte er auch nicht gerne woanders hin verpflanzt. Sie brauchten ihre Wurzeln. Ganz besonders, da sie bereits ihre Mutter verloren hatten. Er erzählte Tsveta von Sabrina und ihrem schmerzlichen Tod. Auch dass er oft genug das Gefühl hatte, seinen Kindern nicht wirklich zu genügen.

Sie erzählte ihm von ihrem Sohn, dessen Leidenschaft für Geschichte. „Vielleicht wird er mal Lehrer. Das fände ich schön."

„Und wie wäre es", Elias dachte immer noch darüber nach, „wenn du hier für eine deutsche Firma arbeiten würdest? Vielleicht kann ich da etwas vermitteln."

„Nein, dafür genügen meine Sprachkenntnisse nicht.“

„Du sprichst immer noch phantastisch Deutsch!“

„Unsinn, Elias, ich radebreche gerade mal so.“

„Das ist nicht wahr, Tsveta. Bis auf einen kleinen Akzent, ein charmant rollendes ‚R‘ sprichst du perfekt.“

Sie rumpelten mit dem Mietauto über die schlechten bulgarischen Landstraßen in Richtung Flughafen.

„Tsveta ist auch nicht die richtige Frau für dich.“

„Aber nein, Anne, ich suche keine Frau.“

„Du brauchst aber eine, Papa.“

„Nein. Es wird keine geben, die so großartig ist wie eure Mutter Sabrina.“

„Wie war sie?“

Diese Frage von Leo versetzte Elias einen Stich. Acht Jahre war Leo gewesen, als Sabrina starb, nun elf. Und offensichtlich fehlte ihm die Erinnerung an sie.

„Sie war eine sehr schöne Frau. Wie Schneewittchen. Dunkle Haare, eine helle Haut. Vor allem aber war sie sehr lieb zu euch. Ihr zwei wart ihr ein und alles. Und sie war klug. Drei Sprachen sprach sie neben Englisch: Französisch, Spanisch und Italienisch!“

Stille herrschte im Auto.

„Sie hat uns immer Gute-Nacht-Lieder vorgesungen.“ Annes Stimme war sehnsüchtig.

„Ja, sie hatte eine sehr schöne Stimme. Sie sang viel mit euch. Oder hat euch auf dem Klavier vorgespielt.“

„Und du hast an Weihnachten immer falsch dazwischen gebrummt!“

„Stimmt, Anne, ich lag immer mindestens drei Töne daneben!“

Alle drei lachten.

„Aber Papa, vielleicht gibt es eine andere Frau. Vielleicht blond. Oder dunkelhäutig. Vielleicht kann sie backen oder auch nicht. Vielleicht singen oder auch nicht. Aber vielleicht ist sie einfach nett. Und gehört zu uns?“

Elias sah zweifelnd das ernste Gesicht Annes im Rückspiegel an. Ob sie sich doch nach einer Frau im Haus sehnte? Er verstand es einfach nicht. Oder Anne nur ihn gerne wieder glücklich sähe?

Unsicher zuckte er mit den Schultern.

„Anne“, sie saßen wieder beim Italiener. Elias war euphorisch gestimmt. Er würde es ihr sagen. Und sie würde sich freuen. Und vielleicht würde die Zukunft ja gar nicht so schlecht werden.

„Ich habe eine Frau kennengelernt.“

Anne schien zu erstarren. Sicherlich war es eben doch ein Einschnitt. Aber sie hatte es sich ja gewünscht, sie würde sich freuen.

„Ich mag sie. Sehr. Also, mehr als man Freunde mag.“

Er wedelte mit den Händen. Aufgeregt wie ein kleiner Junge. Aber wie sagte man schon seiner Tochter, dass man verliebt war? Bis über beide Ohren verliebt. „Ich habe sie schon öfter getroffen. Sie ist eine sehr nette Frau, offen, liebenswert. Sie interessiert sich für alles Mögliche. Und sie ist lustig. Man kann mit ihr lachen.“

Nein, über das eine Mal, als Rosie ihre Haustür hinter ihm schloss und sie danach keine Worte mehr brauchten, um sich zu verstehen, würde er ihr nicht erzählen.

„Ich sage es, wie es ist. Ich liebe diese Frau.“

Anne stand auf. Sie nahm den Teller mit ihrer halb aufgegessenen Pizza, schmiss ihn auf den Boden und rannte hinaus. Elias sah auf die weißen Scherben auf dem Boden.

Die Weiden hatten ihm wohl in die andere Richtung zugewinkt. Er war in den Englischen Garten geflüchtet, um seine Gedanken zu sortieren. Vielleicht war es damals gar kein Nicken von Anne gewesen, eher ein Kopfschütteln. Oder vielleicht hatte sie sich theoretisch etwas ausgedacht, das sie in der Realität überforderte.

Die Wege zogen an ihm vorbei, die Seen, die Enten, die Menschen. Alleen, versteckte Ecken, eine Brücke. Er stützte sich auf das Geländer und blickte in das sich kräuselnde Wasser.

Eines war sicher, sie wollte es nicht.

Und noch eines war sicher, die Kinder gingen vor. Vor ihm. Sie hatten mehr als genug durchgemacht, mehr als Kinder ertragen sollten. Ihr Glück war wichtiger als seines. Er würde das beenden. Keine Liebe für ihn.

Er hatte Kinder. Er hatte Schuld am Tod einer Frau. Er hatte kein Recht, jemals wieder eine Frau anzufassen. Kein Recht auf Liebe.

Mein geliebter Elias,

es ist geschehen, Elias, ich weiß es ja seit Monaten, er war so entsetzlich krank. Aber nun ist er von mir gegangen.

Elias, ich wusste nicht, dass es so ist. So schmerzlich, so himmelschreiend schrecklich. Noch nie war ich so allein im Haus wie jetzt.

Und Du schreibst mir gerade nicht zurück. Ich sage mir, es wird einen Grund haben, Du bist wohl nicht erreichbar. Kein Empfang, keine Post, was weiß ich, oder nicht in der Lage, ich weiß es nicht. Aber dass Du jetzt nicht da bist bei mir … mir fehlen die Worte, aber ich möchte sie finden. Es macht mich in einem seltsamen Gemisch traurig, leer und, ja, auch ein wenig wütend. Warum lässt Du mich allein? Warum bist Du in diesem Moment nicht bei mir? Kein Wort. Kein Arm. Kein Trost.

Momo, er war bei mir, immer. Weißt Du noch, als er mich beschützt hat? Jahrelang habe ich immer erzählt, dass ich zwar bedenkenlos durch die tiefsten Wälder gehe, selbst spät am Abend, denn wer würde es schon wagen, mich in Begleitung dieses riesigen Hundes anzugreifen, aber ich sagte auch, in Wirklichkeit würde er wohl jeden Angreifer schwanzwedelnd begrüßen.

Und dann in Italien, als dieser betrunkene Italiener so bedrohlich auf mich zukam und glaubte, mich mit seiner eklig abfälligen Stimme beschimpfen zu können, stand Momo neben mir, seine Nackenhaare sträubten sich, er bellte einmal sehr laut und knurrte dann. Es war so klar, diesen Mann würde er nicht an mich heranlassen, er war bereit zum Kämpfen.

Als wir den Mann am nächsten Tag wieder sahen, das gleiche: Nackenhaare aufstellen, knurren. Oh ja, er hätte mich verteidigt. Immer hat Momo mich beschützt, war da für mich, in Freude und Leid, hat seinen Kopf auf meinen Schoß gelegt, mich dazu gebracht, wieder hinauszugehen, egal wie müde ich war.

Du bist nicht da, nicht jetzt, nicht in diesem Moment. Es schmerzt.

Aber der Schmerz über das Fehlen auf immer von Momo ist größer. Er ist auf meinem Schoß eingeschlafen. Nach all den Tagen des Schmerzes, der epileptischen Anfälle, der letzten Tage, in denen er kaum noch hochkam, sein Blick so traurig, nur noch ganz leicht konnte er mit dem Schwanz wedeln, wenn ich früh zu ihm kam, er blieb liegen, seine Augen sagten mir: ich liebe dich, aber heute kann ich nicht aufstehen, komm zu mir und sag mir Guten Morgen.

Nach all diesen Tagen schlief er ein, in meinem Schoß, und sah endlich ruhig aus, nicht mehr gequält, entspannt, endlich konnte er ruhig schlafen. Seine Ohren waren wie immer. Der untere Teil stand nach oben und nur die Ohrenspitze schlappte herunter, die Ohren, die immer auf und ab sprangen, wenn er rannte und sprang, sie waren wie immer, es wunderte mich und es war schön. Stundenlag saß ich, sein Kopf in meinem Schoß, ich streichelte ihn, alle Haare von seinem Fell, bis er glänzte, dann streichelte ich sein liebes Gesicht. Er war so weich wie immer, himmelsweich.

Ein Mann holte ihn dann ab, er war sehr fürsorglich zu mir. Momo durfte in seinem Hundebettchen bleiben, einfach darin weiterschlafen, das war schön für mich, ich hatte Angst davor gehabt, man hebe ihn heraus, in eine Kiste hinein, schlaff, schrecklich. Aber er schlief einfach weiter in seinem Bettchen, das war schön. Bald wird er nach Hause kommen. Ich habe ein kleines, sehr schönes Gefäß ausgesucht, mit Pfotenabdrücken darauf, ich kann es in unseren Garten stellen, er wird bei uns sein, für immer.

Ich habe einen Stein für ihn gekauft. Ich war bei einem Grabsteinhändler. Auch das war viel schöner, als ich gedacht hätte. Er hat sein riesiges Grundstück gestaltet wie einen alten Friedhof und dort stehen alle Grabsteine, neue, große, die für mich nicht in

Frage kamen, kleine Findlinge, die möglich gewesen wären, aber irgendwie nicht passten. Er war sehr nett, zeigte mir das Nebengebäude, wo ein Mann saß und mit einem Meißel eine Inschrift in einen Grabstein schlug. Ein Handwerk, genauso wie vor hundert Jahren, erklärte er mir. Es war sehr schön. Der freundliche Mann, mit einem großen Filzhut auf dem Kopf, riet mir sogar, dass ich für den natürlichen, kleinen Stein, den ich wohl suche, auch zu einem Gartenbetrieb gehen könne. Ich lief dann weiter durch seinen großen Friedhofsgarten, in dem auch Steinbruchstücke lagen, Engel von alten Gräbern, überhaupt alte, sehr schöne, verwitterte Grabsteine, Natursteine, und plötzlich sehe ich, unter einer Tanne, zwischen Efeu, einen sehr alten Stein, vielleicht 50 cm hoch, wild, unruhig, mit Moos überwachsen, wie ein Stein aus einem Wald, wie ein Stein aus den Bergen, der schon jahrhundertelang dort lag, wie ein Stein, über den Momo gesprungen wäre, ihn beschnüffelt hätte, und ich wusste, dieser war es. Der Mann lachte, als ich ihm den Stein zeigte, er läge sicher schon zwanzig Jahre bei ihm, unter diesem Baum. Er könne ihn säubern. Sofort schüttelte ich den Kopf, oh nein, genauso wollte ich diesen Stein haben. Aus der Natur, verschmolzen mit den Jahren, mit der Zeit, mit der Natur, mit dem Leben und mit dem Tod.

Und plötzlich wusste ich noch etwas, und eine Welle unglaublichen Trostes überflutete mich. Wenn ich sterbe, möchte ich, dass man Momos Asche, seine Urne, neben mich legt, und diesen Stein zu uns. Und ich werde für immer mit ihm zusammen sein. Unglaublicher Trost.

Und Du warst nicht bei mir.

Ja, vielleicht der schlimmste Tag meines bisherigen Lebens. Andere könnten es vielleicht nicht verstehen, „nur“ ein Hund. Aber Du weißt es, mein treuer Begleiter seit Jahren, immer bei mir, mir die Einsamkeit nehmend, neben mir in jedem Moment.

Schließlich aber, Geliebter, ich danke Dir. Dass Du in diesem schweren Moment dann dennoch zumindest am Telefon für mich da warst, sofort die Arbeit unterbrachst, mich anriefst, mir beistandest, die richtigen Worte fandest. Mögest Du noch so weit fort von mir sein, oft unerreichbar weit fort, aber in den schlimmen Momenten bist Du bei mir. Kurz vor seinem Tod, und auch am Abend, nach seinem Tod. Du warst bei mir, Deine Stimme in meinem Ohr, Dein Arm zumindest gefühlt um mich.

Ich weiß, ich soll so etwas nicht sagen, Du willst es nicht, aber ohne Dich, jetzt, so einsam, ich könnte wohl nicht weiterleben.

Aber ich weiß es, bald werde ich Dich sehen, endlich wieder spüren, wir werden uns Zeit füreinander nehmen, in die Berge fahren, uns gegenseitig trösten, mit unseren Worten, unseren Gedanken, unseren Herzen und unseren Körpern. Und Du wirst mich alles vergessen lassen. Und für mich da sein.

Bis bald, geliebter Mann,
Deine Isabella

Elias ließ den Brief sinken. Er versuchte sie zu verstehen, die Briefe, Isabella, aber er verstand es nicht.

Oder doch? Einerseits war da die Wut in ihr. Tatsächlich war sie allein gewesen, in diesem vielleicht schlimmsten Moment ihres Lebens. Und ihre Wut auf ihn schimmerte durch. Und andererseits rettete sie sich im letzten Moment statt in Wut und Hass, wie man es vielleicht bei einem fehlenden realen Lebenspartner getan hätte, in die wieder neu fingierte Illusion, er sei zumindest am Telefon da gewesen. Sie rettete sich in diese Fiktion, um weiterleben zu können.

War er es, der sie hatte verzweifeln lassen? Oder auch hätte retten können? Nein, er verstand es nicht wirklich. Auf jeden Fall war alles nur in ihrem Kopf geschehen.

Nein, er verstand dies alles nicht.

„Kinder gehen vor."

Nachdem er sich zwei Wochen lang nicht mehr

gemeldet hatte, hatte Rosie ihn angerufen. „Ich fürchte, dass ich weiß, was es bedeutet, dass du dich nicht mehr gemeldet hast, aber ich finde, ein letztes Treffen wäre fair."

Nun saßen sie in einem Café. Und er weinte.

„Anne will nicht, dass ich eine neue Frau habe. Und ich habe es ihr versprochen. Wenn meine Kinder das nicht wollen, dann darf ich das einfach nicht."

Rosie sah ihn nur an.

„Ich muss doch die Verantwortung auf mich nehmen. Ich habe sie ins Leben gesetzt. Sie hatten ein Scheiß-Leben durch den Tod ihrer Mutter. Jetzt kann ich sie doch nicht einfach im Stich lassen."

Rosie sagte nichts. Sie sah ihn weiterhin einfach nur sehr ernst an.

„Kinder gehen vor. Oder?" Er weinte.

Langsam legte sich ihre Hand auf seinen Arm. „Du bist ein guter Vater. Ja, Kinder gehen vor." Dann stand sie auf und ging.

Als sie schon lange aus der Tür verschwunden war, flüsterte er: „Rosie, ich liebe dich." Und weinte.

Seltsam geheimnisvoll hatte Oliver Elias eingeladen, diesmal mit den Kindern zu sich nach Hause. Was sehr ungewöhnlich war. Manchmal war Oliver bei ihnen gewesen, seltener hatte er Oliver bei sich zuhause besucht, aber die Kinder und ihn hatte er noch nie eingeladen. Er wusste nicht ganz, was ihn erwartete.

Auf keinen Fall aber hatte er die Frau erwartet, die ihnen nun die Tür öffnete.

„Alice." Sie schüttelte Elias, Anne und Leo die Hände.

Überrascht ging Elias hinein und warf Oliver einen fragenden Blick zu. Der streckte nur den Daumen in die Höhe.

Sie war ein wenig jünger als Oliver, aber keinesfalls wie die Tussis, die er sonst anschleppte. Selbstsicher und klug. Dennoch hatte sie soeben Oliver einen Blick zugeworfen, der ganz deutlich zeigte, dass sie in Oliver genauso verliebt war wie er in sie.

Elias lehnte sich zurück. Wie schön.

Zwei Stunden hatten sich alle an einer Tri di Pasta die Bäuche vollgeschlagen, die Alice mit Annes Hilfe gezaubert hatte. Die beiden standen nebeneinander und hatten Basilikum gestampft für die Pesto Sauce, angebratenen Schinken mit Sahne übergossen für die weiße Sauce, und bei der Bolognese stand sogar auch Leo fleißig am Herd und rührte das Hackfleisch, bis es rundum knusprig angebraten war.

Es war laut und lustig, ein wildes Durcheinander-Gerede und viel Lachen. Elias hielt einen Moment inne und spürte nur der Stimmung im Raum nach. Wie eine große Familie.

„Kennt ihr ‚Activity'?", fragte Alice an Anne und Leo gerichtet. Anne nickte sofort. „Klar, da muss man Begriffe erraten, die die anderen beschreiben oder malen oder spielen müssen."

„Genau“, bestätigte Alice. „Und dieses Spiel habe ich für heute Abend mitgebracht.“ Sie holte einen Karton aus einer Tüte und begann, das Brettspiel aufzubauen.

Oliver stand auf.

„Wage es bloß nicht, dich zu entfernen. Dieses Spiel ist mindestens so lustig für Erwachsene wie für Kinder.“ Alica sah nicht einmal auf bei ihren Worten.

Sofort setzte sich Oliver wieder hin. „Ich wollte uns nur ein Bier holen.“

„Das darfst du.“ Lächelnd blickte Alice nun Oliver an, der daraufhin mit sich in die Situation hineingebendem Hundeblick antwortete.

Die zwei Männer bekamen ihr Bier, Alice ein Glas Rotwein und die Kinder Apfelsaft. Kurz danach waren es mehr Oliver und Elias als Anne und Leo, die sich auf allen Vieren über den Boden bewegten, um Tiere nachzuahmen, laut lamentierten, wenn man ihre Begriffe nicht erriet oder scharf über die Punkte diskutierten. Dennoch gewann das Team Alice, Leo und Anne bei weitem.

Als sie weit nach Mitternacht im Begriff waren zu gehen, verharrte Elias kurz, als er sich von Alice verabschiedete. „Es war ein wunderschöner Abend. Danke.“

Er spürte, dass in dem Moment Annes Hand sich in seine legte und fest schloss. „Ja“, sagte sie nur und gab dann Alice die Hand, die Anne einfach in den Arm nahm und fest drückte.

„Super war das!“, bestätigte Klein-Leo nun auch

und ließ sich ebenso freiwillig und gerne von Alice drücken.

Im rechten Arm Anne, im linken Leo ging Elias dann zum Aufzug, während Alice und Oliver noch in der Tür standen und ihnen nachwinkten.

„Können wir dort bald wieder hingehen?", fragte Leo. Elias nickte, und drückte ihn fest an sich.

„Jetzt reicht es mir aber." Olivers Stimme war laut geworden. Er donnerte sein Bierglas auf den Couchtisch, wo er mit Elias und Alice saß. „Jammer, jammer, jammer. Ich kann es nicht mehr hören. Die Märtyrer-Rolle steht dir nicht." Wütend warf er sich in das Sofa zurück.

Elias wollte etwas einwenden, aber Oliver hob die Hand und unterbrach ihn. „Nein, du hörst mir jetzt zu. Hör auf, dich selbst die ganze Zeit einen Fiesling zu nennen, ich will es nie wieder hören, du warst jung, mochtest Sex, wolltest Frauen, und die Liste auffüllen. Damals war es die Liste mit Frauen. Das ist normal!" Oliver schrie nun fast und wedelte aufgeregt mit seinen Händen. So emotional, nicht cool, sondern aufgebracht und engagiert hatte Elias ihn schon lange nicht mehr gesehen. „Nicht normal ist", er schrie immer noch, „jeden Tag einen Brief zu schreiben, dreißig Jahre lang."

„Ich habe sie dazu gebracht. Ich wollte sie einfach nur flachlegen, du weißt, so haben wir das früher gesagt, meine damalige ‚Liste' auffüllen. Ich war ein ..."

„Ich habe die Schnauze voll von deinem Schuld-Gesabbere. Dann richte dich halt ein in der erst Täter- und dann Opferrolle.“

Oliver war aufgesprungen und einfach aus dem Zimmer gegangen. Der Abend hatte so nett begonnen. Zum ersten Mal seit ewigen Zeiten hatte er sich mit Oliver nicht in der Kneipe getroffen, sondern bei ihm zuhause. Alice hatte ihn an der Tür begrüßt. Die ganze Wohnung erzählte davon, dass sie zwar noch nicht eingezogen war, aber wohl doch sehr häufig da war. Es war aufgeräumt, keine leeren Weinflaschen standen herum, es roch frisch gelüftet und auf dem gedeckten Tisch standen gelbe Tulpen in einer schönen runden Vase. Elias vermutete, dass diese Wohnung vor Alice noch nie Blumen gesehen hatte. Und Oliver sah gut aus. Es gab Fisch mit Reis und Gemüse. Solch gesundes Essen hatte Olivers Wohnung wahrscheinlich früher nie erlebt. Beim Essen hatte Oliver über seine Arbeit erzählt, dazwischen lachten sie, waren von einem zum anderen Thema gesprungen, bis die Koffer voller Briefe aufkamen. Und alles entglitt.

Alice ergriff seinen Arm.

„Ich verstehe schon, was dir so nahe geht. Du warst ein ‚Flachleger‘, einer, der Strichlisten über seine Errungenschaften geführt hat. Okay, du böser, böser Junge.“ Sie lachte. „Es gab sie schon immer, die Flachleger, es gibt sie immer noch. Gestern Abend waren fünf Freunde meines zwanzigjährigen Sohnes zum Grillen da. Einer von ihnen ist „Party-Leo“. Party-Leo ist ein Flachleger, und ja, klar, er hat eine Liste.

Stand soeben: 26. Alle wissen es. Jungs wie Mädchen. Und er ist hinreißend süß! Mit einem Lachen wie ein kleiner Junge, immer schelmisch, sieht toll aus! Ich hätte mich mit Sicherheit früher von ihm ‚flachlegen lassen'. Was dann geschehen wäre, könnte verschieden aussehen. Entweder ich hätte eine geniale Nacht gehabt, mich daran immer erfreut, so manches gelernt in dieser Nacht ..." Ein verschmitztes Lachen breitete sich auf ihrem Gesicht aus. „Nur im Vertrauen, nebenbei: Ich zum Beispiel musste dreiundvierzig werden, um meine Sexualität so ausleben zu lernen, dass ich weiß, was mir Spaß macht. Schade eigentlich. Ich hätte mich früher viel öfter ‚flachlegen' lassen sollen, und zwar von Experten!"

Nun musste auch Elias lachen. Alice war wirklich eine tolle Frau. Sie machte aus seinem schuldbeladenen ‚Flachlegen' ein wohlig-spaßiges. Oliver hatte Glück, diese Frau in seinem Leben noch getroffen zu haben.

Sie nahm den Faden wieder auf. „Also, zweite Variante: Ich hätte mich total in ihn verliebt, dann wäre ich wahnsinnig traurig."

Sie schlug auf den Tisch. „Komm, ich bin in Erzähllaune. Nächste Anekdote aus meinem Leben. Es gibt nur einen Mann, der mich verlassen hat. Ich war fünfzehn, er achtzehn. Er hat Schluss gemacht, bevor es *dazu* kam, weil ihm mein Tennislehrer, der Vater seines Freundes, so dermaßen die Leviten gelesen hat, dass ich zu jung wäre. Vielleicht hat der mich immer noch als die zehnjährige gesehen, die er anfangs beim

Tennisspielen hatte, egal, ich wäre bereit gewesen. Auch zum ‚Flachlegen'. Und zwar sowas von bereit!" Nun wurde sie ernst. „Ich denke bis heute immer mal wieder an ihn, bin traurig, sehnsüchtig, vielleicht sogar ärgerlich", sie unterbrach sich. „Seit ich Oliver kenne, habe ich allerdings noch nie an ihn gedacht!" Sie hob die Finger grinsend zum Schwur hoch. „Aber ich hätte nie, nie ihm jeden Tag einen Brief geschrieben. Das ist etwas anderes. Das ist obsessiv. Das hat nichts mehr mit dem Flachleger zu tun, der ja als solcher bekannt war und vermutlich ihr nicht die ewige Liebe geschworen hat, oder?"

„Ganz ehrlich", Elias wurde wieder ernst, „auch das weiß ich nicht mehr. Vielleicht habe ich ihr schon etwas von der großen Liebe erzählt."

„Bitte Elias, dann wollte sie es eben glauben. Aber was sie daraus gemacht hat, ist krank. Und dafür kannst nicht du der Auslöser gewesen sein. Solche Handlungen liegen in den Menschen selbst. Weißt du eigentlich, was ich beruflich bin?"

Elias schüttelte den Kopf. Offenbar fragte er die Menschen immer noch zu wenig.

„Ich bin Psychologin. Ich habe mir die Geschichte in allen Details von Oliver erzählen lassen. Diese Frau muss psychisch krank gewesen sein. Mich interessiert das unter psychologischem Aspekt sehr. Natürlich ist eine ‚Ferndiagnose' eigentlich nicht zu stellen. Aber ich sehe hier verschiedene psychische Krankheitsmuster, die eventuell auch gemeinsam vorkommen. Zum einen ist es eine Form von Stalking. Übrigens strafrechtlich verfolgbar! Stalker übertragen ihre Probleme auf das Opfer. Vielleicht weil es sie an eigene traumatische Erlebnisse erinnert. Sie üben eine Dominanz über das Stalking-Opfer aus. Eine Dominanz, die sie befriedigt, denn durch ihre gestörte Persönlichkeit empfinden sie sich selbst als Opfer."

„Aber Alice", unterbrach er sie. „Sie hat mich doch nicht gestalkt!"

„Nun, wenn ich Oliver richtig verstanden habe, wusste sie eine ganze Menge über dich. Sie wusste über deine Wohnorte, deine Reisen und deine Interessen Bescheid."

„Sie hat offensichtlich alle meine Publikationen gelesen. Vermutlich archäologische Fachblätter abonniert. Und sich daraus gemeinsame Reisen erträumt!"

„Das ist eine Form des Stalkings. Und dich als fiktiven Partner einzunehmen, ist obsessiv. Dadurch, dass du es nun auch weißt, ist es extrem übergriffig, deine Privatsphäre verletzend, dich vereinnahmend, dich zum Objekt degradierend." Nun sah sie ihn sehr ernst an und ließ den kurzen Moment des Schweigens wirken. „Menschen, die unter Stalking leiden, entwickeln oft eine posttraumatische Belastungsstörung."

„Du meine Güte, ich habe keine posttraumatischen Probleme."

„Genauso wirkst du aber."

Das saß. Elias sagte nichts mehr. Okay, er war verändert. Geschockt. Hin- und hergerissen zwischen

Schuld, Wut, Mitleid, Entsetzen, Hilflosigkeit. Aber wie sollte er das überwinden?

„Wie gesagt, ich kann keine Ferndiagnose stellen, aber eine bipolare Störung halte ich bei ihr auch für gut möglich. Jedenfalls, das Problem lag in ihr. Du hast eigentlich nichts damit zu tun. Du warst das Objekt. Du warst das Objekt ihrer Krankheit."

„Aber ich habe sie durch mein Verhalten damals zum Objekt gemacht."

„Hättest du sie nicht ‚flachgelegt', dann ein anderer, den sie dann als Objekt genommen hätte. Selbst wenn es ein ganz lieber, ewig treuer Mann gewesen wäre, den sie getroffen hätte, – was allerdings extrem unwahrscheinlich ist, denn solche Menschen suchen sich ja die Situationen, in denen sie zum Opfer werden, das vermeintlich nicht Erreichte zum Lebenssinn erküren, um sich ins Fetischhafte zurückzuziehen – dann hätte sie auch bei dem lieben Mann jenes gefunden, was sie obsessiv hätte werden lassen, so oder so. Eine solche Krankheit sucht sich den Auslöser. Schlimm für dich, dass gerade du es warst, aber auch gemein, bösartig gegenüber dir."

Oliver war mittlerweile wieder in den Raum gekommen. Er hatte sich an die Küchentheke gestellt und verfolgte das Gespräch, ohne sich einzumischen.

„Statt Wut hast du etwas Schönes daraus gemacht. Das ist toll. Du bist nicht schuld, du bist Opfer. Hast dich aber aus der Opferrolle durch deine Taten hinausgearbeitet. Versöhne dich damit. Du hast es mehr als verdient!"

„Okay, eine psychologische Stunde bei Alice kostet sechzig Euro. Du bist mir jetzt ein Abendessen schuldig." Oliver grinste ihn breit an.

Alice blieb ernst. „Die Liste ist nicht deine Aufgabe, sondern deine Kür!"

„Also los, du Flachleger, von dem ich jetzt empört vernommen habe, dass Alice sich gerne von dir früher hätte flachlegen lassen – und noch manches gelernt! Pah! Vergiss es." Er kam zu Alice und legte seine Arme um sie. „Nur ich darf dich jetzt noch ‚flachlegen' – und vielleicht bringe ich dir ja noch was bei!"

„Oder andersrum?" Sie strahlte ihn kokett an.

„Auf gehts. Der Grappa ruft!"

Die Tür ging auf und sie sah ihn verwundert an.

„Entschuldigen Sie, ich weiß, ich überfalle Sie einfach so, aber ich komme mit dem allen nicht zurecht. Ich möchte Sie einfach noch ein paar Sachen fragen."

Er war spontan nach Bruckmühl gefahren und stand nun wieder vor dem Haus von Isabellas Tante.

Mit einer Handbewegung bat sie ihn herein. „Und ich dachte, Sie wollten die Briefe abholen." Sie warf ihm einen warnenden Blick zu. „Ich schmeiße sie sonst nämlich bald weg."

Er antwortete nicht darauf.

„Setzen Sie sich. Mögen Sie einen Kaffee?"

Elias zögerte. „Nur wenn es Ihnen keine Umstände macht. Nur wenn Sie überhaupt Zeit haben."

„Habe ich.“ Sie wandte sich der Kaffeemaschine zu. „Und mir geht das Ganze ja auch nicht aus dem Kopf.“

Kurz danach hatte er den warmen Kaffee vor sich stehen.

„Wissen Sie, ich möchte einfach gerne wissen, wie Isabella war.“

Die Frau seufzte. „Also, sie war meine Nichte und sie wohnte oben im Haus. Meine Schwester und ich haben zusammen das Haus geerbt. Ich wohnte unten, mit meiner Familie. Sie und ihre Familie oben. Der Vater von Isabella war ja schon früh weg, da war sie gerade zehn. Ich weiß nicht genau, was da passiert ist. Es gab jedenfalls einen großen Streit und dann ist er ausgezogen. Meine Schwester hat ihm alle seine Sachen auf die Straße geworfen. Obwohl so etwas gar nicht ihre Art gewesen ist. Das war schon sehr peinlich.“

Offenbar, dachte Elias sich, hat sie ihre eigene Schwester niemals nach dem Grund der Trennung gefragt.

„Ehrlich gesagt“, fuhr sie fort „hatten meine Schwester und ich kein besonders gutes Verhältnis. Noch nie.“ Kurz schwieg sie. Sie wollte wohl nicht erzählen, woran genau das gelegen hatte. „Dann lebte meine Schwester mit ihrer Tochter alleine. Die beiden waren völlig auf sich konzentriert. Keine Freunde, dort oben ging niemand ein und aus. Aber die beiden mochten sich sehr. Zu Isabella habe ich nie einen Draht bekommen, sie war immer so schüchtern.“

Wieder seufzte sie. „Und ich hatte auch genug mit meinen vier Jungs zu tun."

„Lebt Isabellas Mutter denn noch?", fragte Elias verwundert nach.

„Nein. Sie ist gestorben, als Isabella fünfundzwanzig war."

„Und Isabella blieb hier wohnen?"

Die Frau nickte und nahm einen Schluck aus der rosenbeblümten Kaffeetasse.

„Also, wenn Sie so fragen, ich schäme mich ja jetzt auch, aber ich habe eigentlich nicht mehr als sie gegrüßt. Es war eben so, wir hatten gar kein Verhältnis."

Elias konnte sehen, dass es der Frau im Nachhinein unangenehm war, dass sie sich so wenig um ihre Nichte gekümmert hatte. Er war sicher der Letzte, der ihr einen Vorwurf gemacht hätte. Eher hätte sie ihm seine Lieblosigkeit vorwerfen können. Vielleicht hatte sie eben von allen rundum Lieblosigkeit erfahren. Das ‚liebliche' Bruckmühl mit all den menschlichen Dramen hinter den Sprossenfenstern mit ihren Holzkreuzen.

„Warum sind Sie denn jetzt eigentlich da?", unterbrach die Frau sein Schweigen.

„Wie war sie? Also, ich will wissen, wie sie war. Hatte Sie einen Partner? War sie glücklich im Leben? Wie war sie?"

Etwas hilflos zuckte die Frau mit den Schultern. „Ich kann es Ihnen nicht genau sagen. Isabella war immer freundlich. Aber sie hatte keine Freundin. Einen

Partner sowieso nicht. Ich glaube, sie war froh, dass ich sie nicht angesprochen habe. Wobei, gegrüßt haben wir uns schon immer." Es klang, als ob sie sich verteidigen müsse. „Der Hund war ihr, glaube ich, sehr wichtig. Sie ist jeden Tag um genau Viertel vor acht von hier losgegangen zur Arbeit und gegen fünf Uhr am Abend zurückgekommen. Vor der Arbeit ist sie mit ihm rausgegangen, in ihrer Mittagspause um zwölf und dann abends. Jeden Tag."

„Wie war sie so? Also, glücklich? Oder traurig?", fragte Elias nach.

„Du meine Güte, wie man eben so ist. Wer ist schon immer glücklich?"

Das war eine Antwort, wie sie Elias typisch für das bayerische Land empfand. Man musste nicht glücklich sein. Arbeiten, Geld verdienen, zufrieden sein mit dem Leben. Das war gut genug. Glücklich sein, das war ein überkandideltes Ziel für Städter. Vielleicht aber hatte sie auch einfach gar keine Ahnung, wie Isi gewesen war. Und es hatte sie offenbar auch nie interessiert. Die Nichte, im gleichen Haus, aber absolut kein Interesse an ihr. Er zuckte zusammen. Auch das konnte er ihr wahrlich nicht zum Vorwurf machen. Ihm wurde plötzlich bewusst, dass er auch nicht alle acht Parteien in seinem schönen Schwabinger Altbauhaus kannte. Geschweige denn, sie beim Treffen im Treppenhaus fragte, wie es ihnen gehe. Oder sie je auf einen Kaffee eingeladen hatte. Ob Sabrina es vielleicht getan hatte? Er wusste es nicht.

„Ja, ich denke, ich gehe dann mal wieder."

Wieder kam diese unangenehme Stille auf, bei der man ihrer beider schlechtes Gewissen spüren konnte. Er stand auf.

„Immerhin, ich glaube, es wurde eher besser. Früher hat sie mir nicht mal in die Augen sehen können, wenn wir uns begrüßt haben. Manchmal, das weiß ich ganz genau, ist sie mir ausgewichen, um nicht Grüß Gott sagen zu müssen. Das wurde dann besser."

Nun, wenn dies die Besserung gewesen war, fand Elias dies nicht so viel.

Sie stand auf und lief vor zur Tür. „Wiederschaun." Sie reichte ihm die Hand.

„Auf Wiedersehen. Und Danke für den Kaffee", sagte er.

Als er sich bereits umgedreht hatte und die ersten Schritte fortgelaufen war, hörte er sie rufen: „Und, wollen Sie jetzt eigentlich noch die Briefe?"

Er schüttelte den Kopf und lief weiter.

Statt zum Auto trugen ihn seine Füße den Spazierweg entlang am Triftbach hin zur Mangfall. Hier hatte er schon als Kind gerne gespielt. Dieser Fluss, der teilweise türkis wie ein Fluss in Südfrankreich sein konnte, durch dunkle Waldschluchten führte, vorbei an uralten Keltenschanzen, der manchmal breiter und wilder wurde und manchmal schmal und zahm.

Er dachte nach. Finanziell war alles in Ordnung bei ihm. Ab jetzt würde er zwanzig Prozent seines Einkommens beiseitelegen. Für andere, die es nötig hatten.

Er würde versuchen, anderen Menschen zu helfen, die es schwerer hatten als er selbst. Er würde sich um Menschen kümmern, finanziell oder mit einem Wort, einem Gespräch, gemeinsamem Nachdenken oder einer Hand auf deren Arm. Mittlerweile wusste er, dass dies oft schon genügte. Und wichtig war.

Anne starrte nun seit ewigen Zeiten auf dieses aufgefaltete weiße Blatt Papier. Mit Schriftzeichen, die ihr mittlerweile längst vor den Augen verschwammen. Was nichts machte, denn sie kannte den Inhalt nun nahezu auswendig. Das erste Mal gelesen mit völligem Unverständnis, diesen Brief, der ihr beim Abstauben von Papas Schreibtisch entgegengefallen war, herausgerutscht aus einem Buch, verborgen vor zufälligen Blicken.

Wieder gelesen, mit Angst. Wieder gelesen, mit Ungläubigkeit. Mit Verwunderung. Mit Ablehnung. Schließlich und endgültig, mit Entsetzen. Ihr Vater war ein Monster. Durch und durch böse. Er hatte Mama über all die Jahre betrogen, eine zweite Frau gehabt. Die auch betrogen, mit seiner wiederum vor ihr verschwiegenen Familie. Er hatte sie und Leo verschwiegen, ausgelöscht, getilgt. Alle Menschen betrogen, belogen, gedemütigt, ausgenutzt.

Menschen, immerhin Menschen. Doch er war auch nicht da beim Tod seines Hundes. Nicht da. Nicht für den Hund, nicht für die Frau. Alles schwirrte in Annes Kopf. War er überhaupt bei Mamas Tod dagewesen? Danach auf jeden Fall kaum noch.

Immer hatte sie gedacht, sie müsste sich um ihn kümmern. In Wirklichkeit war er wohl bei der anderen Frau gewesen, sie hätte sich nicht um ihn kümmern müssen.

Sie packte ihre Sporttasche mit allen wichtigen Sachen und verließ das Haus, ohne sich umzusehen.

Mein geliebter Elias,

ich gestehe, heute sind ein paar Tränen bei mir geflossen. Wir haben sehr bewusst unser Leben so ausgesucht. Für uns beide ist die Arbeit wichtig, Deine ruft Dich oft in die Ferne, meine hält mich hier.

Wir wissen beide, dass Entfernungen uns nicht trennen können, aber dennoch gibt es Momente, in denen ich fast verzweifle. In denen ich Dich einfach bei mir haben möchte, mich in Deine Arme legen, die Augen schließen, Deinen Geruch riechen, Dich spüren. Es sind jene Momente, die so schmerzhaft sind, dass sie mich zu zerreißen scheinen. Immer wieder sage ich mir vor, dass Du doch bald wiederkommst, mich halten wirst, ich Dich halten darf, aber manchmal scheint die Zeit, in der Du nicht da bist, sich ins Unendliche zu dehnen.

Ich vermisse Dich so schrecklich. Die Krankheit wird übermächtig, seit Momo nicht mehr da ist. Ich werde schwach, bin der Schmerzen so müde.

Es tut so weh.

Es tut so entsetzlich weh.

Deine Isabella

„Elias, was hast du mir da geschickt?"

Tsvetas Stimme schallte laut aus dem Telefon, sie war offensichtlich empört.

Er hatte das erwartet und versuchte, ruhig und neutral zu bleiben. „Ich habe für dich eine Bewerbung geschrieben. An eine deutsche Stiftung, die in Sofia tätig ist. Sie suchen Menschen mit hervorragenden Sprachkenntnissen in Bulgarisch und Deutsch."

„Genau das habe ich nicht!"

„Tsveta, seit Monaten sprechen wir nun wöchentlich mindestens ein, zwei Stunden am Telefon. Dein Deutsch war bereits bei unserem ersten Telefonat sehr gut. Nun aber ist es durch unsere Gespräche wieder ganz fließend und selbstverständlich. Ich wüsste nicht, wer besser sprechen sollte als du."

„Und schreiben kann ich überhaupt nicht."

„Auch das stimmt nicht. Du hast mir früher wunderschöne Briefe geschrieben! Und wenn wir das auch wieder auffrischen, wirst du ebenso gut schreiben wie sprechen können."

„Elias, ich mag es nicht, dass du dich wieder in mein Leben einmischst."

„Okay, das wollte ich nicht, das tut mir leid."

„Schon gut, du hast es ja wohl nicht böse gemeint." Ihr Seufzen signalisierte die verrauchende Wut.

„Wie wäre es", nun sprach er ganz vorsichtig und zögernd, „wenn du einfach mal zu dem Vorstellungsgespräch gehst? Das kostet dich doch nichts. Und dann kannst du immer noch weitersehen."

Es gelang Anne einfach nicht, die Tränen zu unterdrücken, als sie vor Olivers Haus stand und klingelte. Wo sollte sie denn hin?

Frau Auerbach konnte sie doch nicht aufnehmen, sie musste ja arbeiten. Aber Oliver, den kannte sie, seit sie ein kleines Kind war, er war der Taufpate von Leo, damit war er doch für ihn verantwortlich. Und Leo würde sie auch noch von ihrem Vater fortholen. Außerdem waren Alice und Oliver so nett gewesen – vielleicht brauchten sie ja auch Kinder. Anne spürte selbst, dass ihre Gedanken wirr waren. Und ihr war auch klar, dass sie ihren Vater doch über alles liebte. Aber andererseits wusste sie im Moment gar nichts, und Oliver war der Einzige, der ihr einfiel. Und ein Gästezimmer hatte er auch.

Als die Tür sich öffnete, starrte er Anne erstmal einfach nur an. Frauenbesuch kannte er, Kinderbesuch nicht. Ein weinendes Kind vor seiner Haustür, vor allem als er einen Blick hinter sie warf und feststellte, dass Elias ihr nicht folgte, kannte er offensichtlich nicht. Anne lief hinein, als er ihr die Tür zögernd wortlos öffnete und setzte sich schluchzend an den Küchentisch. Sie weinte so, dass es ihren ganzen Körper durchschüttelte.

Dann war alles aus ihr herausgesprudelt. Dass ihr Vater all die Jahre eine andere Frau gehabt hatte, wohl auch oft bei ihr war. Einfach eine andere Frau, die er neben seiner Familie hatte. Bei seinen ganzen Forschungsreisen war sie wohl dabei gewesen. Noch dazu war auch diese Frau dadurch todunglücklich geworden.

„Ich hasse ihn“, schrie sie dann und ihre Faust sauste wütend auf den Tisch.

Oliver hatte all dem zugehört und war noch eine ganze Weile still geblieben. Ihn überforderte die Situation offenbar. Schließlich kam Alice näher, die wohl die ganze Zeit bereits an der Tür zur Küche gestanden und zugehört hatte.

„Wie soll ich ihr das denn alles erklären?“, zischte Oliver ihr zu.

Dieser Satz brachte Anne wieder dazu in lautes Schluchzen auszubrechen. „Du weißt das also auch alles.“

Alice zog sich einen Stuhl heran, setzte sich neben Anne und strich ihr beschwichtigend über den Rücken.

„Anne, wir wissen davon, aber es ist anders als du denkst. Es ist eine komplizierte und lange Geschichte.

Du wischst dir jetzt die Tränen fort, ich hole eine Limonade und etwas zu essen. Denn dann werden wir länger brauchen, um dir das alles zu erklären."

„Ich will gar nichts mehr erklärt haben." Sie würgte die Worte heraus. „Alle seine Reisen hat er mit ihr gemacht!"

Mit ungewöhnlich scharfem Blick sah Alice sie an. „Du bist kein Kind mehr. Du wirst jetzt einer langen Geschichte zuhören." Sie stand auf.

„Zuvor aber mache ich uns erstmal Abendbrot." Langsam deckte Alice den Tisch und bestrich Brote. Sie schien sich noch zu überlegen, wie man dies alles Anne erklären könnte.

Unter sanftem Zwang aß Anne ein Butterbrot.

„Ich werde nie mehr mit ihm reden. Ich hasse ihn!"

Oliver hatte sich ein Bier geöffnet und stand zwei Meter hinten an der Theke. „Jetzt mach mal halblang!"

Alice wedelte ihn fort.

Und begann zu erzählen.

Eine Stunde später weinte Anne wieder. Um eine traurige, gestorbene Frau. Und um ihren Vater, der nun seit Wochen ihren Tod mit sich herumtrug, sich schuldig fühlte und deswegen die ganze Zeit so anders, so verzweifelt-traurig, so nachdenklich gewesen war.

„Ich glaube, du musst jetzt dringend nach Hause", lächelte Alice sie an.

Anne nickte und stand auf.

Anne hatte sich vor die Tür gestellt, als sie sein Auto kommen hörte.

„Papa, wir haben Besuch."

„Hast du eine Freundin da?"

Sie schüttelte den Kopf.

Elias wurde plötzlich mulmig zumute. „Einen Freund?"

Anne lachte.

„Eine Frau."

Er sah sie fragend an. Im Hintergrund hörte er Leos Lachen. „Ich habe gewonnen!", rief er begeistert. Leo schien Karten zu spielen. Mit einer Frau.

„Papa, also, du wolltest doch vielleicht eine Frau. Und ich, ja, ich habe die richtige für dich gefunden."

Er brauchte einen kurzen Moment, um das zu verstehen. „Du hast mir eine Frau ausgesucht?"

Es war das erste Mal in seinem ganzen Leben, dass er das Gefühl hatte, seine Tochter schütteln zu wollen. „Misses Apfelkuchen." Er riss sich zusammen, aber seine Stimme war laut geworden. „Anne, ich habe für dich auf eine Frau verzichtet, die ich liebe. Für dich. Und jetzt kommst du daher und möchtest mir irgendeine Frau verkaufen. Ich bin doch kein Objekt zum Verscherbeln. Ich hatte eine Frau, in die ich mich verliebt habe. Es hat mir verdammt weh getan, nicht mehr zu ihr zu gehen. Mir. Und ihr vermutlich auch!"

Er drehte sich um und zischte im Fortgehen: „Wenn ich wiederkomme, ist hier kein Heiratsmarkt mehr und keine Frau da. Ist das klar?" Er sah eine Träne in Annes Augen, aber seine Wut war größer.

„Mir hat es auch wehgetan.“

Er kannte die Stimme. Liebevoll und witzig und herzlich und warm und klug. Langsam drehte er sich um. Rosie stand in seiner Tür, hinter Anne, die Arme schützend um die Schultern seiner Tochter gelegt.

Er verstand gar nichts mehr. Doch die Augen seiner Tochter sagten, sie ebenso wenig: „Kennst du Frau Auerbach?“

„Polarlichter. Magie. Liebe.“ Sie sagte es und lächelte ihn an.

Er kam näher, in seine Wohnung, die plötzlich wieder ein Zuhause war. Und bleiben würde, das spürte er. Er nahm Rosie in die Arme.

Elias faltete den letzten Brief von Isabella auf. Er war auf dem Nachttisch neben ihr gelegen, als man sie fand. Offensichtlich war es das Letzte, das sie getan hatte, diesen Brief an ihn zu schreiben. Nun erst fühlte er sich stark genug, ihn zu öffnen.

Mein geliebter Elias,

liebster Mann. Obwohl Du da bist, die ganze Zeit an meinem Bett wachst, schreibe ich Dir einen Brief. Den letzten. Denn manchmal konnte ich ja doch in den Briefen mehr ausdrücken als in Worten.

Es gibt etwas, das ich Dir nie gesagt habe. Jetzt, wo

das, was ich „die Krankheit“ nenne, unaufhaltsam ist, und wir beide wissen, dass es nur noch Tage sind, bis der schwarze Sumpf mich endgültig verschluckt, möchte ich es Dir sagen.

Damals, als wir uns mit blutjungen achtzehn Jahren trafen, war ich ein eigentlich zerstörtes Mädchen. Was ich jetzt schreibe, fällt mir sehr schwer, unendlich schwer. Aber es muss sein, bevor ich es nicht mehr sagen kann. Ich versuche, Worte zu finden für das, was ich doch immer in mir verschlossen habe.

Mein Vater, er tat mir Leid an. Jede Nacht. Wenn Mutter schlief, kam er in mein Bett. Vermutlich seit ich etwa sieben war. Ich war nur Hülle. Ich funktionierte. Es war eine Zeit, in der man nichts sagen konnte. Ich konnte es ja nicht mal selbst verstehen, nicht ausdrücken, es gab keine Worte dafür. Ich fühlte mich schuldig und schmutzig.

Ich war kaum in der Lage, mit irgendjemandem zu sprechen, konnte kaum einem Menschen in die Augen sehen. Ich hatte panische Angst vor Männern.

Und dann kamst Du. Ich habe bis heute keine Ahnung, was Du in mir sahst. Nicht das völlig verstörte, verzweifelte, in sich eingemauerte Wesen. „Süßes Mädchen“, sagtest Du oft. Das machte mich glücklich. Unvorstellbar glücklich. Deine Liebe machte mich zu dem süßen Mädchen, das ich doch gar nicht war. Und, wohl konnte ich gar keine Angst haben, mich Dir nicht verweigern, Du nahmst mich in den Arm und küsstest mich. Geküsst war ich noch nie worden. Ich spürte meinen Körper. Zum ersten Mal nicht als Gehasstes, Benutztes, Schändliches, Geschändetes, sondern als Geschätztes, als etwas Schönes, als einen Körper, der entflammen kann, Blitze des Glücks durch jede Faser, glückliche Haut, glückliche Muskeln, glückliche Sehnen, glücklicher Körper. Und ich war geheilt. Glückliches Herz, glückliche Seele.

Ich habe es Dir nie gesagt. Denn es war nicht nötig. Du hast mich befreit, mich wie eine Schlange sich häuten lassen. Plötzlich war ich das süße Mädchen. Ich konnte mit den anderen Mädchen sprechen, auch sie fanden mich manchmal sogar nett, nicht mehr komisch. Ich konnte lachen. Ich konnte plötzlich lachen! Lächeln, schmunzeln, grinsen, laut lachen! Ich kannte diese Gesichtszüge nicht, diese Laute nicht.

Du hast mich zu dem gemacht, was ich bin. Deine Liebe hat mich erschaffen.

Selbst mit Männern konnte ich sprechen. Nun, sogar das Händegeben fällt mir bis heute ein wenig schwer. Einen anderen Mann auch nur freundschaftlich umarmen, das könnte ich nicht. Aber das muss ja auch nicht sein! Ich habe so viele Bekannte. Ich habe eine Freundin. Ich habe einen Beruf, der mich ausfüllt.

Vor allem aber habe ich Dich. Ich habe Deine Liebe. Mein Leben hatte Sinn. Und permanentes Glück. Durch Dich. Nie ein Wort des Streites. Wer schon kann das nach dreißig Jahren sagen?

Und all die Reisen, die ich mit Dir machen konnte.

Tatsächlich konnte ich ja nicht reisen, zu große Angst hatte ich davor. Mit Dir aber bin ich gereist.

Du bist das absolute Glück meines Lebens. Deswegen, wenn ich nun gehen muss, sei nicht traurig. Meine Liebe bleibt bestehen, begleitet Dich, strömt über die ganze Welt.

Und denke daran, mein Glück bestand immer auch in Deinem Glück! Also lebe weiter, versuche nicht allzu viel an mich zu denken. Lebe das bestmögliche aller Leben in allen, vielen, folgenden Jahren für Dich. Tu, was Dich glücklich macht! Bitte, dies ist mein einziger Wunsch.

Ich liebe Dich unendlich.

Deine Isabella

Peter Drömer

Peter saß vor einem weißen Blatt Papier.

Schon lange. Er wusste gar nicht mehr, wie lange er keinen Stift mehr in der Hand gehalten hatte. Aber er hatte das sichere Gefühl, es müsse sein.

Ihm war nämlich Natalie eingefallen. Die kleine Russin, mit der er ein Jahr lang ein Verhältnis hatte, als er in seinem Beruf als Ingenieur in Moskau gearbeitet hatte. Bildschön. Kurven wie Jennifer Lopez. Nur für ihn hatte sie damals Deutsch gelernt.

Vielleicht ein wenig zu sehr geschminkt für westeuropäische Verhältnisse, Russin eben. Schon süß. Er hatte sie gemocht, wirklich. Aber so, wie er eben als junger Mann Frauen mochte. Wenn sie Deutsche gewesen wäre, hätte er sie vermutlich sogar bei sich wohnen lassen. Aber mehr? Er hätte ihr ein Visum besorgen sollen. Eine Arbeitsstelle. Hätte für sie bürgen sollen. Sie in seine Wohnung aufnehmen, ohne die Chance, dass man das wieder hätte rückgängig machen können.

All dies hatte er ihr versprochen. Aber er war zurückgefahren und hatte die Beziehung einfach versanden lassen. Sie hatte angerufen, gefragt, wie weit er sei. Ausweichend hatte er geantwortet. Bei jedem Telefonat ausweichender. Beim letzten Telefonat hatte sie als Abschlusssatz zu ihm gesagt: Wenn du denkst, ich will dich nur, um nach Deutschland zu kommen, täuscht du dich. Ich wäre ebenso glücklich, wenn du mit mir in Moskau leben würdest. Ich will nur dich. Glücklich sein mit dir."

Er hatte sich wohl einfach verabschiedet. Und sie vergessen. Bis auf jene Momente, wenn er Russinnen traf, dann überfiel ihn dieses lauernde Gefühl des schlechten Gewissens.

Ja, sie wollte er fragen, wie es ihr ging. Wenn schlecht, dann helfen, so er es denn konnte. Er wollte Verantwortung auf sich nehmen, wenn auch spät.

Svetlana Kollateva schrieb er auf seine Liste.

Margarete und Paul

Sie lachten. Vater und Tochter in absoluter Nähe, ein wenig übermütig.

„Meine Grundschulfreundin Andrea!“, rief Margarete.

Er schrieb den Namen auf.

„Okay, Onkel Bert, den ich schon seit Jahren nicht mehr besucht habe“, brummte Paul.

„Griesgram-Bert!“, Margarete lacht laut auf. „Du willst freiwillig Griesgram-Bert besuchen!“ Wieder lachte sie ein helles Lachen. „Diese Liste ist die absolut verrückteste Idee überhaupt.“

Paul nickte. Absolut verrückt. Verrückt genial.

Tsveta

Keine Liste. Ein Blatt, aus dem ein Projekt werden würde. Das bulgarische Ministerium hatte ihr bereits zugesagt, sie müsse nur den detaillierten Plan aufschreiben, dann sei eine Förderung sehr wahrscheinlich. Von bulgarischer wie von deutscher Seite aus.

„Deutsch-bulgarisches Institut zur Förderung von Sprache, Kultur und interkulturellem Verständnis“, so wollte sie ihre Stiftung nennen. Bulgaren die Möglichkeiten geben, Stipendien für einen Sprachaufenthalt in Deutschland zu bekommen. Städtepartnerschaften fördern zum gegenseitigen Austausch. Schüleraustausch.

Es würde ein großes Projekt werden. Ihr Lebensprojekt.

ELISABETH EDEN

Ihre Liste war lang. Sehr lang.

Freundinnen, die sie seit der Schulzeit einfach aus den Augen verloren hatte, und damals doch so gern gehabt hatte.

Der Studienkollege mit der Behinderung in den Beinen, die ihn so schwer laufen ließ, und doch nur noch liebenswerter machte. In was für einem Beruf er jetzt wohl tätig war?

Die Arbeitskollegin, die immer Außenseiterin geblieben war? Warum eigentlich?

Ihre erste große Liebe, sie würde ihn einfach gerne mal wieder sehen, vielleicht seine Familie kennenlernen.

Schon zehn Namen standen auf dem Blatt. Und es fielen ihr noch so viele andere ein! Sie strahlte, das hier machte ihr Spaß, großen Spaß. Sie wollte die Lebensgeschichten dieser Menschen hören, ihnen zeigen, dass sie Interesse an ihnen hatte. Sie einfach fragen: „Wie geht es dir?“

Meine lieben Leser,

ein Mensch erzählte mir diese Geschichte, seine Geschichte, seine Lebensgeschichte. Und ich wusste, ich musste sie aufschreiben, für all die Menschen dort draußen.

Sorgen Sie für die Menschen um Sie herum.
Für jene, die Sie brauchen!

Stefanie Gregg

BILD: ANGELIKA BARDEHLE

STEFANIE GREGG, geboren 1970 in Erlangen, studierte Philosophie, Kunstgeschichte, Germanistik und Theaterwissenschaften. Sie promovierte über „Das Lachen". Ihren beruflichen Einstieg hatte sie im Bereich Bucheinkauf bei Bertelsmann. Als Unternehmensberaterin arbeitete sie dann bei der Top-five-Unternehmensberatung A.T.Kearney mit Schwerpunkt Medien.
Nach freier journalistischer Arbeit und der Publikation mehrerer Fachbücher widmet sie sich heute nahezu ausschließlich der Belletristik. Sie schreibt Romane, Kriminalromane und Kurzgeschichten.
Mit ihrer Familie wohnt sie in der Nähe von München.

Stefanie Gregg ist Mitglied im PEN Berlin.
Zudem im Autorenverband DAS SYNDIKAT
und im Netzwerk der Krimiautorinnen
MÖRDERISCHE SCHWESTERN.

edition federleicht, Frankfurt am Main 2020
ROMAN
Taschenbuch, 272 Seiten
ISBN 978-3-946112-58-7, 14,00 EUR

Auch als E-Book erhältlich

JONAS ZAUELS

Bohème

Kunst und Künstlichkeit.
Die Stadt der Liebe.
In den Händen der jungen Reichen und Berauschten.

Nach Paris wird Felicia geschickt, um dort zu studieren. Durch eine Verwechslung gerät sie in die falsche Gastfamilie, die sie fatalerweise für Florence, die Zwillingsschwester der Adoptivtochter hält. Unter falscher Identität begibt sich Felicia in die elitären Kreise wohlstandsverwahrloster Schauspieler und Künstler und kommt auf überraschend tiefgreifende Weise mit deren fremden Gedankenwelt in Berührung.

Bohème avanciert in doppeltem Sinne zur literarischen Reise. Eine Reise wie ein rauschhafter Traum, aus dem man nicht so schnell erwachen möchte.

BISHER ERSCHIENEN IM VERLAG

STEFANIE GREGG
KOFFER VOLLER BRIEFE
ROMAN
Softcover, 240 Seiten
ISBN 978-3-946112-88-4, 16,00 EUR
E-Book ISBN 978-3-946112-99-0, 10,99 EUR

BARBARA HENNINGS
ROSA DAMÀS
ROMAN
Softcover, 416 Seiten
ISBN 978-3-946112-81-5
20,00 EUR

ALEKSANDRA BOTIC
SUSANNE KONRAD
AM UND IM FLUSS
ROMAN
Softcover, 415 Seiten
ISBN 978-3-946112-79-2
19,00 EUR

THOMAS BERGER
DER FREMDE ARCHIVAR
ROMAN
Festeinband, 292 Seiten
ISBN 978-3-946112-80-8
24,00 EUR

JONAS ZAUELS
DIE REISE DES ELIAS MONTAG
ROMAN
Softcover, 212 Seiten
ISBN 978-3-946112-72-3
13,95 EUR

KAREN AYDIN
SAPPHOS SPRUNG
ROMAN
Softcover, 376 Seiten
ISBN 978-3-946112-71-6
15,95 EUR

SYLVIA SCHMIEDER
SALING AUS DEM WALD
ROMAN
Softcover, 182 Seiten
ISBN 978-3-946112-70-9
13,95 EUR

PETER JABULOWSKY
LENA
ZWISCHEN LIEBE UND INTRIGE
ROMAN
Softcover, 308 Seiten
ISBN 978-3-946112-61-7
14,95 EUR

JONAS ZAUELS
BOHÈME
ROMAN
Softcover, 270 Seiten
ISBN 978-3-946112-58-7, 14,00 EUR
E-Book ISBN 978-3-946112-64-8, 10,99 EUR

JANNIS RAPTIS
ELASPHERA
Band 1 – Der Fall des Kaisers
ROMAN
Softcover, 876 Seiten
ISBN 978-3-946112-48-8, 19,00 EUR
E-Book ISBN 978-3-946112-65-5
15,99 EUR

BIRGIT SINGH-HEINIKE
KINARE UND DIE UMARMUNG
DER UNENDLICHKEIT
ROMAN
Softcover, 288 Seiten
ISBN 978-3-946112-54-9, 14,50 EUR

BERNDT SCHULZ
SCHÖNE GRÜNE WELT
Episoden vom Land
ROMAN
Softcover, 192 Seiten
ISBN 978-3-946112-36-5, 14,00 EUR
E-Book ISBN 978-3-946112-43-3, 11,99 EUR

PATRICK WEBER
DER PFAD DES EWIGEN FEUERS
ROMAN
Softcover, 480 Seiten
ISBN 978-3-946112-34-1, 16,80 EUR
E-Book ISBN 978-3-946112-39-6, 12,99 EUR

PATRICK WEBER
DER BOTE DES JÜNGSTEN GERICHTS
ROMAN
Softcover, 390 Seiten
ISBN 978-3-946112-24-2, 14,80 EUR
E-Book ISBN 978-3-946112-40-2, 11,99 EUR

JOHANNES CHWALEK
GESPRÄCHE AM TEETISCH
ROMAN
Softcover, 198 Seiten
ISBN 978-3-946112-35-8, 13,00 EUR
E-Book ISBN 978-3-946112-42-6, 10,99 EUR

ANTHEA BISCHOF
DES ZIMMERMANNS SOHN VON BLUT UND WEIN
NOVELLE
Softcover mit Klappen, 245 Seiten
ISBN 978-3-946112-33-4, 15,00 EUR

BERNDT SCHULZ
GLÜCKLICHE PAARE IN UNGLÜCKLICHEN ZEITEN
ERZÄHLUNGEN
Softcover, 202 Seiten
ISBN 978-3-946112-68-6, 13,95 EUR

CARINA SCHMIDT
WAS WISSEN HEILIGE VOM LEBEN
ERZÄHLUNGEN
Softcover, 156 Seiten
ISBN 978-3-946112-55-6, 13,00 EUR

SUSANNE KONRAD
WALZER MIT MR. SPOCK
ERZÄHLUNGEN
Softcover, 152 Seiten
ISBN 978-3-946112-53-2, 12,50 EUR

CHRISTIANE WIDROWSKI
JEDES JAHR EIN SCHMETTERLING
Mit Gemälden von Brigitte Struif
ERZÄHLUNGEN
Softcover, 160 Seiten
ISBN 978-3-946112-28-0, 14,50 EUR

MATHIAS SCHERER
VOM IRRWITZ DES ALLTAGS
ERZÄHLUNGEN
Softcover, 210 Seiten
ISBN 978-3-946112-14-3, 15,90 EUR

MARKUS BECKER
SCHWEFELGEDANKEN
Drei Gesänge
Softcover, 152 Seiten, Fotografien: Marco Schütze
ISBN 978-3-946112-82-2
16,00 EUR

THOMAS BERGER
AUF DICHTERSPUREN
LITERARISCHE ANNÄHERUNGEN
Bibliophile Ausgabe
Illustrationen von Denis Mohr
Festeinband mit Schutzumschlag
und Leseband, 464 Seiten
ISBN 978-3-946112-52-5, 34,00 EUR

THOMAS BERGER
ALBERT CAMUS ABSURDITÄT UND GLÜCK
ESSAY
Softcover, 80 Seiten
ISBN 978-3-946112-69-3, 12,00 EUR

THOMAS BERGER
WILHELM BUSCH BEKANNT UND UNBEKANNT
ESSAY
Softcover, 48 Seiten
ISBN 978-3-946112-57-0, 8,00 EUR

THOMAS BERGER
GUTENBERG UND DIE REFORMATION
Ein folgenreiches Bündnis
ESSAY, REIHE V
Softcover, 64 Seiten
ISBN 978-3-946112-32-7, 6,50 EUR

SONST GEHT ES MIR NOCH GUT
Feldpostbriefe von
Georg Rolly
10. Mai 1940 bis 2. Februar 1944
Festeinband mit Leseband
336 Seiten
Herausgeberin: Eva Schlingmann
ISBN 978-3-946112-45-7, 28,00 EUR

KARINA LOTZ
ALLES AUF EINER KUHHAUT
HEITERE VERSE
Mit Illustrationen von Denis Mohr
Festeinband mit Schutzumschlag,
128 Seiten Format: 18 x 27 cm
ISBN 978-3-946112-17-4, 18,00 EUR

SYLVIA SCHMIEDER
FREIBURG MEDITATIONEN
GEDICHTE
Mit Illustrationen von Ulrich Birtel
Softcover, 92 Seiten
ISBN 978-3-946112-84-6, 20,00 EUR

DAVID H. RICHARDS
MOSAIKO
GEDICHTE
Softcover, 106 Seiten
ISBN 978-3-946112-62-4, 12,50 EUR

ANDREAS EGERT
fehlfarbenfroh
APHORISMEN
Mit Zeichnungen von Norbert Städele
Softcover, 106 Seiten, 2. Auflage 2023
ISBN 978-3-946112-66-2, 20,00 EUR

... im Leben / ... in life
ANTHOLOGIE
Festeinband, 48 Seiten
ISBN 978-3-946112-27-3, 12,00 EUR

TONY BÖHLE
PLAYLIST
TANKA
Mit Illustrationen von
Valeria Barouch
Softcover mit Klappen, 84 Seiten in Farbe
ISBN 978-3-946112-56-3, 18,00 EUR

BRIGITTE TEN BRINK
& GABRIELE HARTMANN
KNOTEN IM KOPF ...
DOPPEL-RENGAY UND TAN-RENGA
Softcover, 64 Seiten
Format: 16 x 16,5 cm
ISBN 978-3-946112-10-5, 9,50 EUR

DANA POLZ
FRAGIL
REIHE K
Festeinband, 140 Seiten,
Format: 8,5 x 12,5 cm
ISBN 978-3-946112-73-0, 12,00 EUR

BERNDT SCHULZ
DER GOTT DES GLÜCKS
Eine Liebesgeschichte
REIHE K
Festeinband, 176 Seiten
Format: 8,5 x 12,5 cm
ISBN 978-3-946112-60-0, 10,00 EUR

MATHIAS SCHERER
ERSTLINGSWERK
Ein Wiesbaden-Krimi
REIHE K
2. Auflage 2022
Festeinband, 120 Seiten
Format: 8,5 x 12,5 cm
ISBN 978-3-946112-25-9, 11,00 EUR

ERICH NIEDERDORFER
BRICKEGICKEL
KRIMINALROMAN
Softcover, 130 Seiten
ISBN 978-3-946112-78-5, 14,00 EUR

Die Landkrimi-Reihe:

BERNDT SCHULZ
EIN HERBST AUF DEM LAND
ROMAN
Softcover, 250 Seiten
ISBN 978-3-946112-74-7, 14,95 EUR

BERNDT SCHULZ
DIE RÜCKKEHR DER KRANICHE
EIN LANDKRIMI AUS DER SCHWALM
Softcover, 246 Seiten, 2. Auflage 2023
ISBN 978-3-946112-77-8, 14,95 EUR

BERNDT SCHULZ
KELLERS RUHE
EIN LANDKRIMI AUS DER SCHWALM
Softcover, 260 Seiten
ISBN 978-3-946112-83-9, 15,00 EUR

HAJO GELLHAUS
MORD IM
TAUNUS ADVENTURE PARK
KRIMINALROMAN
Der zweite Fall
von Kommissar Leichtfuß
Softcover, 182 Seiten
ISBN 978-3-946112-30-3, 12,50 EUR
E-Book ISBN 978-3-946112-38-9, 9,49 EUR

HAJO GELLHAUS
MORD AN DER ALTEBURG
KRIMINALROMAN
Der erste Fall
von Kommissar Leichtfuß
Softcover, 176 Seiten, 4. Auflage 2018
ISBN 978-3-946112-06-8, 12,90 EUR
E-Book ISBN 978-3-946112-37-2, 9,49 EUR

KARLHEINZ SELLHEIM (HG.)
AUTORENTREFF
BAD CAMBERG e.V.
WELLENREITER
ERZÄHLUNGEN
Softcover, 295 Seiten
ISBN 978-3-946112-67-9, 12,00 EUR

KARLHEINZ SELLHEIM (HG.)
AUTORENTREFF
BAD CAMBERG e.V.
FEDERSPRUNG
Eine humorige Mischung
ERZÄHLUNGEN
Softcover, 242 Seiten
ISBN 978-3-946112-49-5, 10,00 EUR

FRANK HARALD SCHRÖDER
DAS SCHWEINCHEN
RUTZEFUTZ UND
SEINE FREUNDE
TEXTE UND LIEDER
Mit Illustrationen
von Marvin Herbring
Festeinband, Großformat in Farbe
88 Seiten
ISBN 978-3-946112-76-1, 20,00 EUR

GERHARD MOHLER (Hg.)
MÄRCHEN UND LEGENDEN
Für Kinder und Erwachsene
SCHRIFTKUNST
Festeinband mit Leseband
112 Seiten in Farbe
ISBN 978-3-946112-50-1, 18,00 EUR

NIELS-JOHANNES GÜNTHER
DIE SCHATZFÄNGER
und das Höhlenabenteuer
JUGENDROMAN
Mit Illustrationen von Lara Ennigkeit
Softcover mit Klappen
180 Seiten in Farbe
ISBN 978-3-946112-26-6, 15,00 EUR

EMELY ARNHEITER
LÜMPFLAND IN GEFAHR
ERZÄHLUNG
Mit Illustrationen von Denis Mohr
Softcover, 102 Seiten
Format: 17 x 17 cm
ISBN 978-3-946112-51-8, 15,00 EUR

BERNHARD SATTLER
LUALMA STRAHLT
IN DIE WELT
ERZÄHLUNG
Mit Illustrationen
von Denis Mohr
Softcover mit Illustrationen
153 Seiten, Format: 17 x 17 cm
ISBN 978-3-946112-22-8, 15,00 EUR

JELISAVETA KOVA
MIT TIERKINDERN AUF
ENTDECKUNGSREISE
GESCHICHTEN
Softcover, 50 Seiten
Format: 21 x 21 cm
ISBN 978-3-946112-08-2, 11,80 EUR

SCHREIBTISCH. Literarisches Journal

Ausgabe 2022
Softcover, 220 Seiten
ISSN 2567-1138
ISBN 978-3-946112-85-3, 15,00 EUR

Ausgabe 2021
Softcover, 258 Seiten
ISSN 2567-1138
ISBN 978-3-946112-75-4, 14,00 EUR

Ausgabe 2020
Softcover, 236 Seiten
ISSN 2567-1138
ISBN 978-3-946112-59-4, 12,00 EUR

Ausgabe 2019
Softcover, 224 Seiten
ISSN 2567-1138
ISBN 978-3-946112-44-0, 10,00 EUR

Ausgabe 2018
Softcover, 160 Seiten
ISSN 2567-1138
ISBN 978-3-946112-07-5, 9,00 EUR

Ausgabe 2017
Softcover, 112 Seiten
ISSN 2567-1138
ISBN 978-3-946112-04-4, 8,00 EUR